KB059286

어떤 예술의 생애
화가 임옥상을 위하여

어떤 예술의 생애
화가 임옥상을 위하여

처음 펴낸 날 | 2011년 8월 26일

지은이 | 김정환

편집 | 조인숙, 박지웅
펴낸이 | 홍현숙
펴낸곳 | 도서출판 호미
등록 | 1997년 6월 13일(제1-1454호)
주소 | 서울시 마포구 서교동 339-4 가나빌딩 3층
편집 | 02-332-5084
영업 | 02-322-1845
팩스 | 02-322-1846
전자우편 | homipub@hanmail.net

미술 | (주)끄레 어소시에이츠
필름출력 | 스크린
인쇄 | 영프린팅
제본 | 성문제책

ISBN 978-89-88526-36-1 03810
값 | 20,000원

ㅎㅁ) 생명을 섬깁니다. 마음밭을 일굽니다.

어떤 예술의 생애

화가 임옥상을 위하여

김정환

호미

김정환

1954년 서울에서 태어나 서울대학교 문리대학 영문과를 졸업했다. 1980년 계간 '창작과 비평'에 시 〈마포, 강변동네에서〉외 5편을 발표하면서 작품 활동을 시작했다. 시집 「지울 수 없는 노래」, 「하나의 2인무와 세 개의 1인무」, 「황색예수전」, 「회복기」, 「좋은 꽃」, 「해방서시」, 「우리, 노동자」, 「사랑, 피티」, 「희망의 나이」, 「노래는 푸른 나무 붉은 잎」, 「텅 빈 극장」, 「순금의 기억」, 「김정환 시집 1980-1999」, 「해가 뜨다」, 「하노이-서울 시편」, 「레닌의 노래」 등. 장시 3부작 「드러남과 드러냄」, 「거룩한 줄넘기」, 소설 「파경과 광경」, 「사랑의 생애」, 「남자, 여자 그리고 영화―전태일에 대한 명상」 등. 산문집 「고유명사들의 공동체」 등. 음악교양서 「음악이 있는 풍경」, 「내 영혼의 음악」, 역사교양서 「한국사 오디세이」, 인문교양서 「음악의 세계사」, 희곡 「위대한 유산」 등을 펴냈다.

서문

이 책은 이 땅의 한 화가한테 바치는 이 땅의 한 조촐한 시인의 오마주다. 미술 세계 발전 과정을 5부로 나누어 큰 설명과 각 작품 설명을 가했고, 특히 후자에서는 필요할 경우 화가 자신의 설명〔임옥상의 책 「벽없는 미술관」과 「누가 아름다운 세상을 꿈꾸지 않으랴」(생각의 나무, 2000년), 전시 팸플릿, 인터뷰 등 – 지은이 주〕을 짤막하게 인용하고 보충하거나, 대개는 그 너머로 더 가보는 방식을 취했다.

글과 말은 일상에서 누구나 쓰는 보편적인 매체고 색은 눈먼 자나 색맹을 제외한 누구의 눈에나 비치지만 색이 색의 예술로 되는 과정은 글이 글의 예술로 되는 과정에 비해 또 한 차례 전문 언어 숙달 과정을 거치기 때문에 자신의 작품을 글로 잘, 혹은 제대로 설명 하는 화가가 별로 없다는 순리는 자신의 시를 그림이나 조각으로 잘, 혹은 제대로 설명하 는 시인이 별로 없는 순리보다 훨씬 덜 그럴싸한 순리지만 두 순리 사이에 맥락이 아주 없다고만 할 수도 없는 것이 또한 사실이라 그 방식은 어느 정도 필요하지만 동시에 어느 정도는 결례를 무릅쓰는 일일 수도 있겠다.

큰 설명과 작품 설명 사이에 중요도 차이는 전혀 없다. 프롤로그("처음")와 인털루드 ("1980년 광주"), 그리고 에필로그("지금 혹은 당대")는 화가의 역사적 생애와 미술적 생애 를 분리하여 결합해, 좀 더 중첩적으로 보자는 계산의 뼈대로 세운 것이다. 그리고 각 편 마다 끝에 아일랜드 시인 셰이머스 히니Seamus Justin Heaney 시를 달아 이 땅에 사는 예 술가의 '민족과 도시, 농촌의 국제적' 맥락이라는 틀을 더 도드라지게 했다. 왜냐면 이 화가야말로 그 맥락 속에서 볼 수 있는 이 땅의 몇 안 되는 화가고, 그 맥락에서 봐야 하 는 더욱 몇 안 되는 화가 중 하나이기 때문이다.

차례

처음   Prologue

세상이 색과 모양의 합으로 한없이 깊어지는 평면으로 보일 때, 그것이 말과 글의 언어 구성체보다 더 편한 언어 구성체로 느껴질 때, 자신의 예술 행위를 통해 그것을 말과 글의 언어 구성체 너머의 언어 구성체로 재창조하고 싶을 때, 그리고 그렇게 할 수 있다고 믿을 때 화가적 인간은 화가로서 자신의 운명을 받아들이게 된다. 이것은 처음부터 의식적인 것도 아니고 뒤늦게 의식적일 필요도 없으며, 다만 이러한 여러 단계 혹은 여러 겹 운명 경험은 사회 경험보다 말 그대로 더 근본적이고 더 최종적이다.

훌륭한 예술가란 사회의식이 새로운 예술 언어를 만드는 것보다 예술 언어가 새로운 사회의식을 만드는 면이 더 중요하다는 점을 실천하는 사람이다. 왜냐면 특히 음악과 미술의 고전 언어는 역사 발전의 독특한 산물이고, 예술 언어를 억압하는 역사 발전이란 어불성설인 까닭이다. 사실 예술 언어를 억압하는 사회의식이란 것도 없다. 혹시 있다면 그것은 기껏해야 시사적 관심에 지나기 않기 십상이다. 그러므로 우리는 자신의 초기작을 철부지 시절 것으로 치부하는 화가가 위대해지기 힘들다는 말에 수긍할 수도 있고, 화가의 꾸준한 노력에 격려를 보낼 수도 있고, 비약적인 발전에 경악의 찬사를 보낼 수도 있다.

임옥상은 사회의식과 사회활동이 폭넓은 미술가로 정평이 나 있지만, 내가 보기에 더 중요한 점은, 불안한 근대 혹은 근대라는 불안을 단칼에 장악해 들어가는(여기서 근대를 '모던'이란 말로 바꾸어도 되겠다) 그의 미학 언어가, 초기 작 이래 그 숱한 소재 및 규모의 변혁에도 불구하고, 그리고 심지어 그 자신의 '그때그때 사회적 사태'에 대한 사회적인, 예술 '포기' 선언을 포함한 열혈 발언과 상관없이("그는 미술에서 금과옥조로 내거는 개성이니 독창성이니 상상력이니 하는 말조차 거부하려 든다. 하지만 역설적이게도 임옥상이야말로 개성적이고 독창적이며 상상력이 남다른 화가가 아니겠는가."―미술

평론가 김윤수), 그러니까 의식, 무의식적으로 별 흔들림 없이, 유지되고 꾸준한 노력 속에서 비약적인 발전의 계기를 여러 차례 누렸다는 점이다. 그리고 이 점이야말로 민중미술사는 물론 한국 현대 미술사 전체를 역동시키는 가장 역동적인 한 축이다.

액션페인팅 기법으로 한국 전통의 탈 형용을, 혹은 탈 형용으로 액션페인팅 기법을 흡수해버리는 자유의 과감(〈탈〉), 여성 누드를 야수파 너머로 밀어붙이는 정신의 육박(〈나부〉), 식민지 극복의 고추의 붉음에서도 형식미를 놓치지 않는 예술의 집요(〈고추〉), 그리고 자기 내적인 것과 외적인 것의 조화 혹은 분열의, 관계 혹은 혼용의, 심화 및 확대(〈자화상 I →II →III →IV〉), 공공의 안팎으로서 대중과 전위(〈영은문〉, 〈독립문〉)의 '언어'는 웅덩이, 물, 불, 피, 땅, 이전과 이후 그리고 그후, 안팎과 기타, 현현과 절규, 보리밭, 나무, 종이 등이 서로 살을 섞으면서 서로를 살찌우고 공공미술 속으로, 바야흐로 말의 진정한 의미에서 '정치화'하는 와중 오히려 역사와 자연이 흙으로, 쇠로, 물과 불로 원소화하는 동시에 심화한 원소들의 변증법으로 역사와 자연을, 인간-역사의 자연적 질과 자연의 인간-역사적 질을 높여온 이제까지의 그 파란만장하고 유장한, 참으로 임옥상적인 임옥상 미술 '생애'를 겪으며 또한 더 깊고 더 역동적으로 발전할 뿐, 사라지는 것은 아니다.

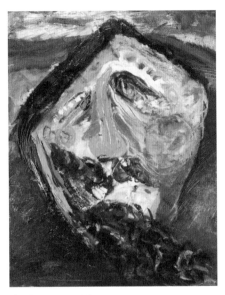

탈, 유채, 80x120cm, 1970

나부, 캔버스 위에 유채, 130x97cm, 1976

자화상 I, 유채, 42.5x55cm, 1976

고추, 유채, 98x112cm, 1976

자화상 II, 유채, 120x80cm, 1976

영은문, 유채, 126x175cm, 1975

독립문, 유채,126x175cm, 1975

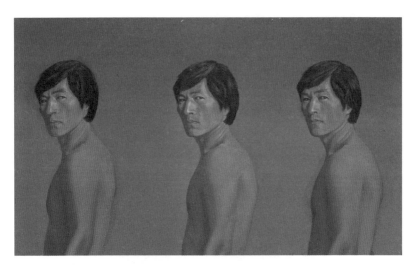

자화상 III, 유채, 146x90cm, 1978

자화상 IV, 아크릴릭, 67x78cm, 1983

밤 한 바구니

어딘가 들어올려주는 느낌, 어지러운 낯선 도움이 있다
짐 실린 바구니를 흔들 때 발생하는.
물건의 지당한 일의 가벼움이 줄여주는 듯하지
그 안에서 들어올려지는 것의 실제 무게를.

몇 분의 일 초 동안 손은 짐을 벗은,
능가된, 의기소침한, 당한 느낌이다.
그런 다음 마찬가지로 느닷없이 온다 되튀어—
아래로 밀침과 귀환, 너를 실증하는.

나는 다시 모은다 밤 가득 든 이 바구니를,
참으로 견고한 모아냄, 온갖 끌어넣음과
광채, 풍부하고 꽉 차고
황금 내장인 것이 돈가방 같은.

그리고 난 좋겠다 그것들을 그릴 수 있었으면, 무슨
색깔로 그들 너머를 볼 수 있을지, 무엇을 감각
영역은 절망하는지 그것에 도달하지 못한다는 이유로,
특히 허를 찔린 촉각이 말이지.
에드워드 매과이어가 우리 집을 방문한
1973년 가을 이래,
한 바구니 가득한 밤 우리 사이 빛난다,
그가 날 그렸을 때 그리지 않는 그것이─

그것이야말로 그가 써보면 어떨까 생각했던 것이었지만,
빛, 후림새 혹은 재고로, 그 빛,
그가 내 신발 콧등 가죽에서 잡아챈 그것을 위해서 말이지.
그러나 그건 그림 속에 없었고 없다.

거기 있는 것은 귀환이다. 특히 그한테는.
기름과 붓질로 우리가 비준되지.
그리고 바구니 빛나고 도깨비불 밤 어스레하다
그가 통과하는 곳에서, 짐을 벗고 의기소침하여 말이지.

물은 마땅히 생명의 물이지만, 이전의 물은 압제자의 것이므로 백성이 보기에 재난과 수탈, 그리고 불모의 물이다. 피는 마땅히 물의 응집이지만 이전의 피는 백성이 흘린 피기에 압제자가 보기에 불온한 피다. 불은 마땅히 영혼의 불이지만, 나라 전체에 노여움과 탄압과 수난과 혁명의 불이다. 나무는 마땅히 생명의 가장 응축된 세계지도지만 이전의 나무는 몸부림치고 울부짖으며, 초록은 마땅히 젊음의 희망이지만 이전의 초록은 살기등등한 초록이다.

그러나 진정한 예술가는 바로 그 '이전' 속에서, 어둠을 들여다보며 이후의 언어를 발견하고, 더 깊은 어둠 속으로 들어가면서 이전 없는 세상보다 더 우월한 이전 '이후'의 세계를 창조하려 한다. 사실은, 이 모든 '비유들' 자체가 그 시작에 다름 아니다.

웅덩이는 땅 안에 있지만 물을 머금고 그 물은 하늘을 머금는다. 땅의 급소이자 통로이자 하늘을 담는 그릇인 것. 이전 속에서 땅은 역사 혹은 민중의 비유와 가깝고, 때로는 너무 가깝고, 웅덩이는 그 반대지만, 이 화가는 1980년 5월 참혹과 빛, 혹은 참혹한 빛의 광주를, 물론 충격으로 겪으면서, 특히 웅덩이와 땅의 비유에서, 물이 불이고 불이 불이고 피가 피고 붉음이 붉음이고 초록이 초록인 채로, 저항미술 사상 거의 전례를 찾을 수 없는 '이후'의 미학 언어를 창조해냈다. 그리고 그후, '웅덩이'라는 미술 언어는 피의 일상화 혹은 세상-혈색화에 달하는 가장 원대한 역동을, '땅'이라는 언어는 생명의 과거와 미래를 동시에 심화하는 가장 긴박한 역동을 이끌게 된다. 그리고 '웅덩이'와 '땅'의 미학적 변증법은 이 화가가 구현한 가장 깊은 것과 가장 넓은 것을 동시에 아우른다.

웅덩이 I, 유채, 131x131cm, 1976

대지 한가운데 웅덩이가 있고 웅덩이에 담겨 있는 것은 물이고, 물은 불이고, 물불은 피다. 압제와 불의의 시대를 형상화하고 폭로하고 고발해야 하는 것은 물론. 그러나 동시에, 화가는 머뭇댄다. 그것이 다인가. 목청 낮춤으로, 생략으로, 묵언으로 더 많은 것을 담아낼 뿐 아니라, 그 너머로의 통로가 될 수 없겠는가. 상형 혹은 조형의 언어란 그런 것 아닌가. 이 작품은 그러니까 모종의 미학적 긴장의, 산뜻한 시작이기도 하다.

몸짓, 유채, 130x97cm, 1976

정치를 우리들 삶에서 떼어내 버리자! 화가는 그렇게 쓰고 있다. 그러나 또한, 화가는 머뭇댄다. 그리고, 자세히 보면 손과 발들은 튼튼하거나 헐벗은 쪽으로 구체적이지만 '파랑=반원'이 그것들을 '약간'화하면서 자아내는 효과는 꽤나 코믹하다. 이 작품은 그러니까 긴장 못지않게 이 화가의 한 특징을 이루는 모종의 미학적 해학의, 여유로운 시작이기도 하다. 배경이 암울함에도 불구하고, 그리고 갈수록, 배경이 암울할수록 더욱, 그럴 수 있는.

땅 I, 유채, 110x110cm, 1976

동그라미를 그린다…모두 큰 눈으로 본다. 화가는 〈땅 I〉에 대해 그렇게 썼다. 과연 그렇다. 동그라미는 세상의 원형이자 화가가 선으로 상상하는 미래 평화의 암시고, 얼핏 들불 가능성에 대한 기대지만, 무엇보다 동그라미는 그리는 '행위'인 동시에 큰 눈으로 보는 행위고, 그리는 행위는 바로 큰 눈으로 보는 행위다. 화가가 화가 자신에게, 라기보다는, 그림이 그림 자신에게 묻는다. 무엇이 나올까? 무엇이 될까? 시작은 무엇이고 무엇은 무엇일까? 나는 무엇일까? 이 작품은 그러니까 작품을 시작할 때마다 시작되는 그리는 행위의 시작이고 작품이 끝날 때까지 이어지는 시작이고, 작업의 겹침에도 관철되는 시작이고 그 다음 작품까지 이어지는 시작이고 그러므로 이 화가가 〈땅 II〉에 대해 "꼭 땅 위에 직접 행위하는 것만이 능사가 아니라, 그려보는 것도 괜찮겠다는 생각으로"라고 쓴 것은 "그냥 한 번 해보았다"라는 말과 울림이 전혀 다른, "나는 작업한다 고로 나는 존재한다"는 이 화가의 가장 강력한 선언 중 하나에 대한 염탐 기회로 읽힐 수 있다.

땅 II, 유채, 176x104cm, 1977

나무 II, 유채, 131x131cm, 1978

이 화가 작품에서 나무는 역동의 매개가 아니라 저변이거나 바탕이거나 결과다. 그의 나무는 결코 '원소화' 하지 않고 모종의 과정을 허락하지 않는다. 생명의 견본이고 또 다른 생명 혹은 물체, 심지어 식칼까지도 그냥 거느릴 뿐이다. 그래서 훗날 그의 딸(이야말로 생명 견본의 견본 아니겠는가) 이름이 나무인 것인지, 딸의 이름이 나무라서 더 훗날도 계속 그런 것인지, 나는 궁금하다. 나무에도 신기神氣가 있다…. 그는 〈나무 II〉에 대해 그냥 그렇게 썼고, 〈두 나무〉에 대해서는 이렇게 썼다. 각기 서로 다르게 치닫는 두 나무를 묶었다. 마치 두 사람이 만나 새로운 삶을 꾸며내듯이….

두 나무, 아크릴릭, 187x139cm, 1981

한국인, 유채, 84x158cm, 1978

이때 그는 벌써 공공미술가다. 외국인이 많이 찾는 공공장소라든지 관광지, 또는 고급 각료나 부자들의 눈에 잘 띄는 곳에 붙이기 위해 그린 그림이다, 라고 쓰고 있으니까. 그러나 이대로 갔다면 그의 공공미술은 훗날 그가 보여주게 되는 공공미술의 '원대한 일상'의 차원에는 도달하지 못했을 터. 이 인물은 얼굴 표정의 심각과 우울한 색조와 근육질의 (불)균형이 근대의 표정을 닮았으되, 100년 전 전봉준인지 당대의 농민인지 또는 노동자인지가 도무지 분명치 않다. 즉 당대적 신분성의 모호가 '한국인'이라는 제목을 호도하는 면까지 없지 않다. 동시에, 하지만, 이 불안정한 단계를 거치지 않고서는 광주 이후 광주의 이후적 현현이라고 할 〈보리밭〉에 가닿지 못했을 터. 왜냐면 〈보리밭〉은 정말 놀라운, 불안 혹은 불안정의 조화가 달할 수 있는 사회적 최대치이자 미학적 최고치였다. 훗날 왕성하게 전개되는 민중미술운동의 상당 부분의 문제는 오히려 이 불안정을 스스로 못 견디고 100년 전 전봉준의 재현 속으로 (역사화가 아니라 몰역사화로서) 소재화한 것 아니었을까, 그런 생각이 들 정도로.

땅―붉은 땅, 유채, 145x97cm, 1978

땅―선, 유채, 146x112cm, 1978

반정부 운동 지식인, 혹은 인문학자들, 즉 글의 사상가들이 지면에서건 법정에서건, 공석은 물론 사석에서도, 심지어 마음속으로도 "나는 공산주의자가 아니다"라는 말과 생각을 최면 혹은 주문처럼 되뇌이던, 그래야 했던 저 극한 반공주의의 70년대에 이 화가의 이 '전면적 빨강'은 그 대담무쌍 혹은 절규, 혹은 자포자기가 우선 두드러지는 게 사실이지만 불모와 힘을 동시에, 그리고 일순 불모의 힘을 구현한다는 점에서 미술의 특수성 너머로 독보적이고, 자신의 예술에 대해 말 그대로 원색적이다. 불모지 자체였으나 나는 땅을 버릴 수 없었다, 라고 〈땅─붉은 땅〉에 대해 그는 썼지만 이 작품에서 빨강은 가시적인 전면성에 그치지 않고 거의 존재 이유에 달한다. 땅이 그 밑에 있고 그 안에 있고 그것으로 있고, 그래서 땅일 뿐 아니라, 그림 자체가 그 밑에 있고 그 안에 있고 그것으로 있고 그래서 그림이다. 불모냐 풍요냐, 사랑이냐 미움이냐가 아니다. 이것이야말로 '이전 속으로'의 극점에 달한 상태다. 그리고, 하여, 〈땅─선〉의 '빨강=선'은 얼핏, '터무니없이 가늘어진데다 글적'인 것으로의 복귀 같지만, 동시에, 〈땅─붉은 땅〉의 '빨강=전면'이 땅을 더욱 땅이게 만든 것 못지않게, '바위=산'을 더욱 울끈불끈 '산=바위'이게 만든다. 그가 "선에 따라 자연은 그 성격을 달리한다"고 쓰고 나서 다시 "자연은 결코 말하지 않는다. 자신의 의지와 무관하기 때문이다"라고 쓸 수 있고, 써도 되는 까닭이다.

말뚝, 유채, 131x131cm, 1978

"나는 거부한다. 이 숨 막히는 고요와 정적을, 허위와 불의에 가득한 이 시대 전체를 송두리째 거부한다! 나는 명당의 결정적인 혈에 말뚝을 박았다." 마찬가지다. 그는 '이전' 속으로의 극점에 달한 곳에서 혈에 말뚝을 박지만 동시에 혈은 말뚝이고, 그보다는 나무고, 구멍은 꽉참이고 이 일치에서 새로운 언어의 탄생을 예고하고, 그 예고의 미학은 거부의 역동 이상으로 단단하고 탄탄하며, 거부의 완강을 뒤집어 역동적으로 탄탄하다. 나무, 풀, 흙, 돌멩이들의 형태 및 색 구분은 꽤나 명확하지만 거의 2차원 평면에 있는 것처럼 보일 정도로 그 관계의 긴장이 극단화했다. 그림은 폭발 직전이지만, 거부의 폭발로 나아가는 그것 직전 아니라, 정말 폭발할 수 있는 것은 진정한 새로움뿐이라는 것을 알기에 끝까지 그런 폭발을 참아내려는, 그리고 끝내 참아냄으로써 완결되는 직전이다. 이전의 직전화, 전무후무의 공전절후空前絶後화라고나 할까.

새싹, 유채, 170x100cm, 1978

식물학자가 식물의 생식기인 꽃을 마냥 아름답다고 생각할 수만은 없을 것처럼 화가 또한, 그것과는 정반대 방향으로, 색의 육체인 꽃을 마냥 아름답다고만은 할 수 없을 것이다. 식물의 생명 방식이 동물과, 특히 인간과는 전혀 다르다는 것을 식물학자는 식물학 지식으로 알지만, 화가는 색으로 안다. 둘을 합쳐 말하자면, 식물의 색은, 인간의 피부가 인간의 생명에 가까운 것보다 조금 더 근본적으로, 식물의 생명에 가깝다. 생태계 파괴로 인해 꽃들의 아름다움이 괴상해진다고 했을 때 그것은 식물의 괴상한 아름다움이 더 괴상해지는 면도 있고 식물적 아름다움이 인간적 아름다움에 물드는 것일 수도 있다. 그리고 좀더 근본적으로, 인간을 닮은, 혹은 인간의 평준화 기호에 맞춰진 식물의 아름다움이란 식물한테 얼마나 끔찍한가. 말 그대로, 생태계 파괴는 다양성의 파괴지, 평준화의 파괴가 아니다.

환경보호 및 자연보호 운동이 끝내 평준화한 인간의 기준에 따른 것일 때 그것은 동물과 식물에게 더 큰 재앙일 수 있다. 인간 흉내를 내는 고양이를 인간이 끔찍하게 여기기 전에 인간 흉내를 내게 된 고양이는 스스로 얼마나 끔찍하게 여기겠는가.

생태라는 말이 유행하기도 전에 이 화가의 색감은 "병든 새싹, 뒤틀린 시대의 상처"를 '논' 하면서도(《새싹》) "기화요초가 다투는, 가장 아름다운 꽃밭"(《꽃밭 I》)에는 물론 "새 정의사회 일꾼들" 때문에 "곧 썩어 문드러진" 꽃밭(《꽃밭 II》)에도 "찬란하고도 처연한 아름다움"이 있다는 것을 색으로 간파하고 있다. 나는 이것이 생명운동이나 환경 운동 '너머 생명 혹은 환경 그 자

꽃, 유채, 170x101cm, 1979

체로 가는 길'이라고 생각한다. "꽃밭에는 꽃들이 한 송이도 없"다는 김민기 노래가, 선율의 간파를 통해, 그 가사의 사회적 혹은 구호 너머의 서정으로 흘러가는 것과 마찬가지로. 〈새싹〉과 〈꽃밭 I, II〉 사이 〈꽃〉은 "환원주의가 맹위를 떨치던 시절 나는 가냘픈 꽃 한 송이를 마음에 심을 수 밖에 없었다"는 겸손한 메시지가 달렸고 얼핏 역사-인간적인 꽃에 가깝기는 하지만, 그 '사이=뒤집음' 또한 못지않게 구현하고 있다.

이 시야 혹은 상상력은 훗날 특히 그가 구상하고 조성한 '놀이=환경=세계'의 장에서 아기자기하거나 근본적이거나 거대한 효과를 발하게 된다.

꽃밭 I, 유채+아크릴, 340x139cm, 1981

꽃밭 II, 유채+아크릴, 340x139cm, 1981

불 II, 유채, 126x126cm, 1979

그림의 크기가 커진다는 것은 단편소설 아닌 장편소설을 쓴다는 것, 소품 아닌 교향곡을 쓰고 연주한다는 것, 단막 아닌 장막 희곡을 무대에 올린다는 것, 단편 아닌 장편영화를 제작 상영하는 것과 같은 것일까? 물론 같은 점이 없을 수 없다. 아니 양적으로 90퍼센트 이상이 같다고 할 것이다. 그러나, 그리고, 또한 물론, 질적으로는 다른 점이 90퍼센트 이상이다. 미술과, 문학과, 음악과 연극과 영화가 각각 다른 성격의 문예 장르라서 그런 것보다 더 크게, 미술은 공간의 장르고 여타는 시간의 장르이기 때문이다. 단지 줄거리를 늘리거나 소재를 풍부화하는 것이 아니라 규모의 크기를 어떤 때는 구도와 색 대비만으로 이뤄진 공간의 깊이로 전화해야 하는 것. 굳이 비교하자면 장시가 가장 비슷할지 모른다. 장시 또한 줄거리를 늘리는 게 아니라 행과 행 사이 틈을 끝없이 심화하고 그 심화를 축적해가야 하는 까닭이다. 〈불 II〉는 혁명 전야의 미술적 고요(거대하기보다는 깊고 낙관이 아직 우울을 벗지 못한)를 적절하게 시각화하고 있지만, '땅, 물, 불, 대기(바람) 네 가지 원소들'의 '상극이 곧 상생'인 지경을 표현한 대작 〈들불〉은 규모의 크기에 합당한 깊이를 얻지 못한 듯 보인다. 하지만 〈불 II〉가 사회적 혁명 전야를 미학적으로 증거하고 있다면 〈들불〉은 이 역동적인 화가에게 미학적인 역동의 편안한 밑그림 노릇을 톡톡히 했고, 이것을 밑그림으로 화가의 미학이 '80년 5·18 광주'라는 역사의, 환희의, 참혹의, 해방의, 학살의, 억눌림과 치떨림의 폭발과 만나 '위축 아니라 응축'한 결과는, 한마디로 슬픔과 기쁨 너머 경악의 미학이었다. 심지어 화가 자신에게도 경악인.

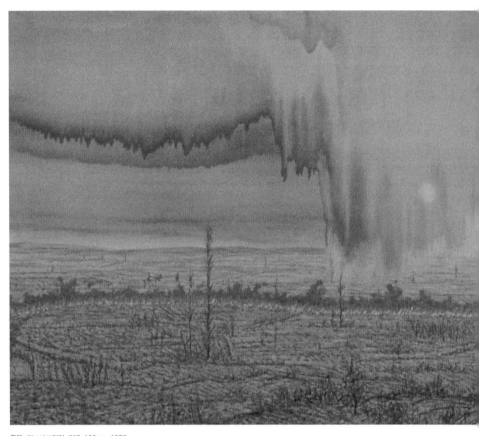

들불, 먹+아크릴릭, 305x129cm, 1979

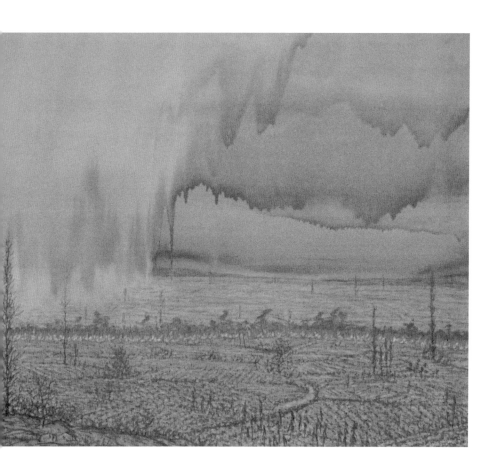

풀무

내가 아는 것은 어둠으로 들어가는 문뿐이다.

바깥은, 낡은 굴대와 쇠테 들 녹슬고;

안에는, 망치로 두들긴 모루의 짧은 음정 울림,

불티들이 이루는 예측할 수 없는 공작비둘기 부채 꼬리

혹은 새 마구리쇠 하나 물속에서 단단해지는 쉿 소리.

모루는 한가운데 어딘가 분명 있다,

외뿔들소처럼 뿔나고, 일거에 네모져,

놓여 있다 거기 부동으로: 제단이다

거기서 그가 모양과 음악으로 자신을 써버리는.

어떤 때는, 가죽 앞치마 두르고, 코 속에 코털,

그가 봇돌에 온몸을 기댄다, 생각해낸다 달그락 소리

발굽들의, 교통이 열 지어 번쩍번쩍하는 곳의;

이제 투덜대고 들어간다, 문 닫는 쾅 소리 홱 소리와 함께

들어가 진짜 쇠를 두들겨 펴낸다, 풀무를 작동시킨다.

1980년 광주

Interlude

땅 IV, 유채, 177x104cm, 1980
웅덩이 II, 아크릴릭, 190x126cm, 1980
나무 III, 유채, 208x121cm, 1980
얼룩 I, 유채+모래, 187x130cm, 1980
땅 I, 흙+먹+아크릴릭, 165x131cm, 1981
땅 II, 먹+아크릴릭+유채, 350x135cm, 1981

그렇다. 우리는 80년 5월 광주에서 찬란하게 폭발한 역사의 빛을 보았다. 삶의 양식이자 피
투성이 꿈의 뼈대로 우리들 뇌리 속에 영원히 남아 있을 빛. 영원한 저주의 치명적인 무기로
우리들 두 손에 쥐어져 있을 그 빛. 5월은 참혹하게 저질러졌지만 그와 동시에 눈물겹게, 그
리고 거대하게 이룩되기도 하였다. 그렇다. 5월 광주가 있으므로 우리는 일생 동안 처절하
게 행복할 것이다. 우리들 사랑과 싸움이 우리 생애에 끝날 수 있는 것은 아니므로.

—1985년 '홍성담-김정환 해방판화시' 서문

80년 광주는 어떤 말도 허락하지 않았다…경악의 광주는 이 화가에게 경악의 미학
을 가능케 했고, 낳게 했다. 그리고, "어떤 말도 허락하지 않"는 상태가, 역설적으
로, 자신의 상태와 작품에 대한 이제까지 가장 정확한 "말"도 가능케 하고, 낳는다.
〈땅 Ⅳ〉에 대해 화가는 이렇게 쓰고 있다. "거의 일사천리로, 정확히 죽은 자를 대
신한 무당 넋두리의 진정하고도 위대한 예술화로써. 좌우대칭의, 군더더기가 없는
극명한 그림. 중간 색 등의 쓸데없는 수사가 없는 쨍 소리가 나는 그림. 일체의 설명
이 필요 없고 그저 입이 쩍 벌어지는 그림. 말로써 어떤 진실이나 사실을 주고받을
수 없는 극한으로 내몰렸을 때, 그림은 말보다 의사소통의 방법으로 더 주효할 수
있다고 나는 믿는다. 그림은 말보다 함축적이고 말보다 들키지 않고 말보다 더 깊
게 확연히 서로의 가슴을 공유할 수 있다. 80년 광주는 어떤 말도 허락하지 않았
다." 그리고, 그렇다. 초록의 논과 밭 또는 덤불숲은 가장 단순하면서 다소 인위적
이고 조금 서슬 푸르다. 그것이 파헤쳐져 드러난 붉음의 황토는 더 단순하면서, 파
헤쳐졌으므로, 훨씬 더 많이 인위적이다. 그렇다 저질러졌다. 그런데, 그리고, 그 극
명한 대비가, "들키지 않"는 소극성은 물론, 그리고 (쨍) 소리와 "입이 쩍 벌어지는"
동작과, "말"은 물론, 문학은 물론 소리의 예술인 음악과 동작의 예술인 연극의 드
라마까지 능가하는 호소를 발한다. 아니 호소에 그치지 않는다. 그리고 "서로의 가

습 공유"에 그치지 않는다. 충격이야말로 감동이고 감동이야말로 충격이라는 것을 '공간=영원'화하는 것. 충격은 새로움에서 출발하고, 감동은 낯익음이 그 바탕이다. 하여 흔히, 따로 떨어져 있을 때, '감동적이다'라는 말은 '내 경험(과 수준)에 딱 맞다'는 말과, '충격적'이라는 말은 '엽기적'이라는 단어로, 추락한다. 하지만 상식과 진부가 예술일 수 없고 토막 살인이 예술일 수 없듯이, 감동이 없는 충격, 또는 충격이 없는 감동은 예술적일 수 없다. 그리고 예술이 가장 예술적인 순간은 감동이야말로 충격이고 충격이야말로 감동이라는 의미 감각 또는 감각 의미의 집적으로서 생애 삶의 공간적 응축에 스스로 꿰뚫리며 보는 이의, 듣는 이의, 읽는 이의 가슴을 꿰뚫는 순간이다. 6·25는 그후 오랜 시간에 걸쳐 숱한 전쟁소설을 낳았고 그중 소설의 걸작은 많지 않고 이들 대부분은 6·25라는 현실과 상당한 거리를 두면서 씌어질 수 있었다. 4·19는 숱한 자유의 걸작을 낳았지만 그 중 예술의 걸작은 많지 않고 오랜 시간이 흐를수록 예술의 기억은 점점 더 흐려진다. 30년이 더 지나고도 아직 현재형인 5·18은 어떤가. 〈땅 IV〉만큼 경악에 대응하는 순발력이 뛰어난 작품은 별로 많지 않았고 그 자체가 걸작이 된 경우는 별로 없었다. 그리고 이처럼 충격과 순발력과 감동의 3위일체를 세 겹 두께와 세 겹 깊이, 그리고 세 겹 역동으로 구상화한 사례는, 내가 알기로, 없다. 내가 보기에 이 작품은, 혹은 이 작품의 과정은 필경, 화가에게 색과 구도의 단순화와 거대화를 동시에 추진하면서 동시에 심화하는 경험의 '충격과 감동'으로 안겼을 것이다. 그것이 훗날 역사적 의미의 '단순=거대'화를 통한 '일상=심=육'화에 달하는 것이 그가 망월동 5·18 신묘역 내에 지름 1,500cm, 깊이 40cm로 조성한 웅덩이 〈광주는 끝나지 않았다〉(1997)일 것이다.

땅 IV, 유채, 177x104cm, 1980

웅덩이 II, 아크릴릭, 190×126cm, 1980

이 그림 그리고 다음의 〈나무 III〉은 〈땅 IV〉와 같은 시기 혹시
더 많은 분노의 시간과 에너지와 공을 들여 제작된 것일 수 있
으나 그만큼 그보다 더 좋은 작품이라고는 할 수 없고 〈땅 IV〉
의 '탄생 너머 육화'를 추동한 직전 혹은 직후, 혹은 직전의 직
후거나 직후의 직전으로서 폭발이자 응집 지향, 혹은 응집이자
폭발 지향의 형상이라고 보는 게 옳을 것이다. 즉, 〈땅 IV〉가 광
주를 더 깊은 광주 속으로 예술화한 것이라면 이 두 작품은 광
주 그 자체다. 예술의 직전 혹은 직후로서.

나무 III, 유채, 208x121cm, 1980

얼룩 I, 유채+모래, 187x130cm, 1980

그리고 모든 것은 흔적을 남긴다. 역사는 물론. 그리고 예술가의 예술 경험도 물론. 흔적이야말로 역사적이다. 그리고 생애적이며, 삶을 닮아 지지부진하다. 지지부진에는 급수와 계급이 없다. 그리고 삶이 지난한 바로 그만큼, 지지부진하지 않은 삶은 없다. 생애는 아무리 길어도 생애라는 말로 집약되지만, 생활의 일상은 아무리 짧아도 지지부진을 벗을 수 없다. 하물며 모종의 위대한 드라마를 안팎으로 겪은 화가한테서야. 화가는 다시 갈림길에 서 있다. 늘 같지만 늘 같지 않은 갈림길에. 산다는 것이 살아남는 것인 시대, 정말 살아남는다는 것은 무엇인가. 〈땅 I〉은 무분별한 개발에 대한 고발, 〈땅 II〉는 붉은색 안보적 상상력에 대한 항의와 소재적으로 연관된 작품이지만 내가 보기에 역동의 극치가 담겼던 '순간=영원'의 언어를 지지부진함의 의미의 미학으로 바꾸고, 정말 '예술=현현=세계'의 등식을 공간적으로 실감시키는 〈보리밭〉과 '생활 일상=예술 장르'의 등식을 시간적으로 실감시키는 종이적 상상력, 종이 부조의 탄생과 생애를 준비하는 '그후, 기타, 잔여, 혹은 여진'인 점이 더 중요하다. 모든 그후는 지지부진하다는 말의 '그후=지지부진'의 일상을 파고들며 뒤집는, '이후'의 언어를 위한, 역사를 전화한 아름다운 살, 혹은 아름다움의 살, 혹은 '아름다움=살'을 위한 그후, 기타, 잔여, 혹은 여진. 이 화가에게 1980년과 1983년 '사이'는 그 두 해 못지않게 중요했다. 그렇지 않았다면, 장차 그의 '일상적인 일상의' 공공미술 시기는 '이전'과 동떨어져 예술성을 발했거나 미학의 내적인 타락을 면할 수 없었을 것이다.

땅 I, 흙+먹+아크릴릭, 165x131cm, 1981

땅 II, 먹＋아크릴릭＋유채, 350x135cm, 1981

돌 평결

그가 심판 장소에 설 때
지팡이 손에 쥐고 챙 넓은 모자
여전히 머리에 쓰고, 불구 상태, 자기 회의와
감언 및 변명에 대한 오랜 경멸로 인한 그 상태로 말이지,
선고가 수다투성이라면 그건 전혀 정의가 아닐 터.
그는 단어들 이상의 것을 기대하겠지 궁극의 법정,
평생 동안의 말없음 내내 기댔던 그곳에서는.

헤르메스의 심판 같게 하시라,
돌 더미 신이여, 돌들이 평결이고 평결이
그의 발치에 견고하게 던져지고, 그 주변에 쌓여
급기야 그가 선 채로 깊숙이 허리까지 돌무더기 기념비,
신격화의 그것에 묻히게끔: 아마도 대문 기둥 하나
혹은 무너진 벽 대신 하나 거기서 잡초가 북주는 침묵을
누군가 마침내 깨면서 하는 말, '여기
그의 영혼이 머문다,' 그 말도 말을 너무 많이 해버린 셈이게 될, 그런.

소변 금지, 유채, 60호P, 1976
악수, 유채, 130x99.5cm, 1978
창, 먹+아크릴릭, 280x139cm, 1980
해바라기, 천+유채+아크릴릭, 172x138cm, 1980
거리-사과, 유채+아크릴릭, 161x111cm, 1980
도깨비, 아크릴릭, 172x140cm, 1982
종이호랑이, 캔버스에 아크릴릭, 182x139cm, 1982
거리-뱀, 유채, 160x140cm, 1982
우리, 유채, 140x220cm, 1984
의문사, 유채, 130x110cm, 1987
이사, 유채, 184x140cm, 1987
보리밭 I, 유채, 100x140cm, 1983
보리밭 II, 유채, 296 x137cm, 1983
가족 I, 아크릴릭, 248x137cm, 1981
딸 나무, 유채, 120x90cm, 1983
행복의 모습, 유채, 217x138cm, 1983
상록수, 유채, 134x167cm, 1983

지난至難은 물론 지극히 어렵다는 뜻이고 지난持難은 다소 새삼스럽게, 햄릿적인 태도를 가리키는 말이다. 사전을 찾아보면 그 뜻은 '일을 과단성 있게 처리하지 못하고 미루기만 함.' 지지부진은 그 지난과 지난 사이 말 그대로 이어지므로, 끊어질 수 없으므로 지지부진이고, 끊어질 수 없음의 지지부진이다. 화가의 〈보리밭〉은 얼핏 보아도 참으로 놀라운 모종의 현현이지만 들여다보면 볼수록 그 안의 이야기들 수가 늘어나고 각각의 이야기들이 제 길이를 늘여가는, 그런 일이 수도 없고 끝도 없을 것 같은 풍경의 현현(은 공간의 공간화이자 순간의 영원화다)이라는 점, 더 나아가 우리 시대의 어떤 지난(至難, 持難)을 현현한다는 점에서 이 작품을 미술사상 가장 놀라운 광경 가운데 하나로 손꼽게 하기에 족하다. 그러나, 그리고, 그러므로, 마땅히, 이 현현 광경은 그전과 그 곁의 기타 등등은 물론 그후의 그것까지 육화했으므로 가능했던 현현 광경이다.

공포 억압 정치가 너무 무겁고 무시무시하지만 너무 오래되어 그만그만하고, 대일 및 대미 굴욕 외교가 수치스럽고 매판자본이 구역질 나지만 너무 뿌리 깊어 그만그만하고, 되는 일도 안 되는 일도 없는 세월이 너무 오랫동안 이어져 불안이, 불만이, 분노가, 희망과 절망이, 슬픈 사랑이, 평화가, 신새벽이, 진위를 알 수 없는 불길한 소문이, 컬러 텔레비전의 도깨비 잔치가, 야간 순시하는 종이호랑이 대통령이, 뱀 지나간 자리를 닮아가는 귀갓길이, 농촌과 도시 생활의 문제의식조차 몸에 밴 습관처럼 그만그만한 그 무지근한 지지부진함은, 단지 오래 되었다는 이유 하나만으로도, 광주 이후는 물론 6·25 이전까지도 제 안에 추스른다. 무척이나 검질기게. 그리고….

소변 금지, 유채, 60호P, 1976

악수, 유채, 130x99.5cm, 1978

창, 먹+아크릴릭, 280x139cm, 1980

해바라기, 천+유채+아크릴릭, 172x138cm, 1980

거리…사과, 유채+아크릴릭, 161x111cm, 1980

도깨비, 아크릴릭, 172x140cm, 1982

종이호랑이, 캔버스에 아크릴릭, 182x139cm, 1982

거리 - **뱀**, 유채, 160x140cm, 1982

우리, 유채, 140x220cm, 1984

의문사, 유채, 130x110cm, 1987

보리밭 I, 유채, 100x140cm, 1983

등장인물이 머리와 약간의 등만 솟은 하나에서 하부가 잘린, 크고 작은, 전방과 후미의 여덟 및 거의 왼쪽 팔만 남기고 잘린 하나로, 분위기가 개인-내면의 초록에서 농촌공동체-역사의, 혹은 수확의 황금빛으로 바뀌는 그 '사이 또는 속도'보다 더 흐릿하지만 더 빠르게 숱한 이야기들이 생기고 뻗어나간다. 농민인가, 농촌인가, 보리밭인가? 분명 농민이고, 농촌이고, 보리밭이되 농민, 농촌, 보리밭 너머로 흔들림, 그 흔들림의 겹겹이 풍경을 어지럽히기는커녕 오히려 깊이를 심화한다. 그리고 지난과 지난 사이 지지부진함이 현현하는 것은 다름 아닌 식민지 근대의 불안 그 자체다. 그 '사이 혹은 속도'는 일제강점기를 살았던 이상李箱 문학 언어의 근대라는 '틈새=분열=세계' 의식, 백석의 '근대=절벽'에서 오늘날 이성복 초기 시의 근대라는 유년적 성장 불구의 섬세한 구축, 황지우 초기 시의 근대라는 예민의 공포까지 포괄하는 동시에 일체의 낭만주의 잔재를 걷어내는 '사이 혹은 속도'다. 이야기로 말하자면, 오늘날까지 이어지는 한국 식민지 근대를 소재로 한 거의 모든 이야기 작품들이 이 '사이 혹은 속도'를 삽화로 쓸 수 있다. 삽화의 위엄에 본문이 눌리는 부조화를 감당할 배짱이 있다면.

보리밭 II, 유채, 296 x137cm, 1983

가족 I, 아크릴릭, 248x137cm, 1981

그리고 물론, 화가는 가족과 생활이 있는 사람이고 가족과 생활을 꾸리는 사람이며, 가족과 생활을 사랑하는 사람이다. 그리고 이 화가는, 자신의 예술을 낳고 버텨주고 이어주는 그 근저가 바로 가족과 생활임을, 결국은 사는 이야기가 바로 예술의 출발이자 종착지라는 것을 밝히는 것에 주저가 없는 화가다. 그리고 이 점이야말로 그가 한국의 경우 소위 저항예술이 받은 천형이라고 말할밖에 없는 (영웅적) 낭만주의를 아무렇지도 않게, 그게 뭐 별 얘깃거리나 되겠느냐는 듯이 걷어내 버릴 수 있는, 있었던 이유다.

행복의 모습, 유채, 217x138cm, 1983

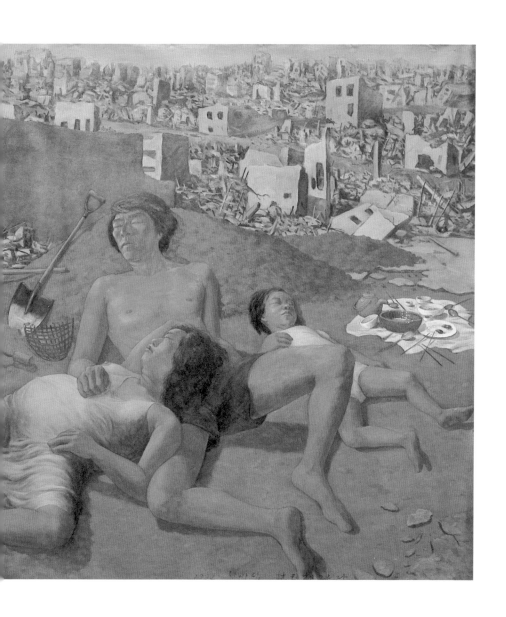

딸 나무, 유채, 120x90cm, 1983

상록수, 유채, 134x167cm, 1983

까까머리 당원들을 위한 진혼곡

두꺼운 천의 우리 외투 주머니에 보리가 그득했다—

취사가 불가능한 도주 중, 야영 천막도 칠 수 없었다—

우리는 이동했다 재빨리 또 갑자기 우리 자신의 고향 속으로.

사제는 부랑자와 함께 도랑 뒤로 숨었다.

사람들, 행군 대열이라기엔 힘들고—터벅터벅 걷는 정도—

매일 새로운 전술이 벌어지는 거였다:

고삐와 말 탄 자를 한 창에 꿰고

가축 떼를 보병 진 안으로 쇄도시키기도 했다,

이제 산마루들 가로지르는 후퇴, 이곳에서 기병 섬멸 앙망.

그러다가 결국, '식초언덕'에서, 운명의 비밀협상.

계단식 진형 수천 명이 죽었다, 대포에 대고 큰 낫 휘두르며.

산허리 홍조를 띠었다, 우리들 부서진 파도에 흠뻑 젖어.

그들이 우리를 묻었다 수의도 관도 없이

그리고 8월 그 무덤에서 보리 자라났다.

스컹크

곧추 선, 검은, 줄 쳐지고 무늬 짜인 것이 장례미사
신부 복장 같은, 스컹크의 꼬리가
과시했다 스컹크를. 밤마다
나는 그녀를 방문객처럼 기대했다.

냉장고가 나지막이 울다 조용해졌다.
내 책상 등 부드러워졌다 베란다 너머로.
작은 오렌지들이 오렌지 나무에서 어렴풋이 나타났다.
나는 긴장하기 시작했다 훔쳐보는 취미자처럼.

십일 년이 지나 쓰고 있었다
연애편지들을 다시, ‘아내’라는 단어를 구멍 뚫고 있다
저장해두었던 포도주통처럼, 마치 그 가느다란 모음이
변천하여 캘리포니아

밤 대지와 공기로 되었다는 듯이. 아름다운, 쓸모없는
유칼리나무 짜릿한 맛이 철자했다 당신의 부재를.
한입 가득 포도주를 마신 여파
차가운 베개에서 당신을 들이마시는 것 같았다.
그리고 거기 그녀가 있었다, 그 집중된 그리고 매력 넘치는
일상의, 신비한 스컹크,
신화화한, 탈신화화한 그것이
내 오 피트 너머 판자를 코로 들이쉬며.

그 모든 게 내게 돌아왔다 어젯밤, 나를 흥분시킨 것은
취침시간에 당신 물건에서 떨어진 그을음,
당신의 머리 숙임, 꼬리 올린 맨 밑 서랍 뒤짐
검은 급경사줄 잠옷 찾느라 말이지.

밥상, 종이부조, 118x87cm, 1982
밥상, 종이부조, 118x86cm, 1982
밥상 I, 종이부조+아크릴릭, 118x86cm, 1983
정안수, 종이부조+아크릴릭, 70x105cm, 1983
가족 I, II, 종이부조+아크릴릭, 104x73cm, 1983
귀로 II, 종이부조+석채, 272x182cm, 1983
토끼와 녹대, 종이부조+수채, 106x85.5cm, 1985
우리 시대의 초상, 종이부조+아크릴릭, 120x67cm, 1986
우리동네 1987년 6월(여름), 10월(가을), 12월(겨울), 1988년 4월(봄), 종이부조+석채, 270x102cm, 1989
이사 가는 사람, 종이부조+아크릴릭, 177x135cm, 1990
육이오 전 김씨 일가, 종이부조+석채, 131x198cm, 1990
육이오 후 김씨 일가, 종이부조+석채, 131x198cm, 1990
하나됨을 위하여, 종이부조+아크릴릭, 235x266cm, 1989
우리 시대의 풍경-육이오, 종이부조, 207x133cm, 1990
자동차 시대, 종이부조+아크릴릭, 300x360cm, 1995
포옹 I, 종이부조+아크릴릭, 83x47cm, 1993
포옹 II, 종이부조+아크릴릭, 164x213cm, 1995
포옹, 목판화, 90x180cm, 1995
고은 손, 종이에 먹+흙, 27x34cm, 1995
봄동, 종이부조+흙, 202x300cm, 1993
일어서는 땅-트렉터, 종이부조+아크릴릭+흙, 340x340cm, 1995(66)
일어서는 땅-천, 종이부조, 175x212cm, 1995
물의 노래 II, 종이부조, 110x130cm, 1994
역사의 징검다리-안과 밖, 종이부조+색채, 199
김남주 시인, 흙에 채색, 53x40cm, 1994
일출, 캔버스에 아크릴릭, 131x131cm, 1997
동해, 종이부조+아크릴릭+수채, 1997
새, 종이부조+아크릴릭, 269x215cm, 1983
무릉도원, 종이 위에 먹+석채, 57x41cm, 1995
흰새, 종이부조+아크릴릭, 36x35cm, 1996
흰꽃, 종이부조+아크릴릭, 47x33cm, 1996
제비꽃, 종이부조+수채, 36x27cm, 1997
쌀 목욕, 점토+쌀, 40 x400cm, 1999
돌부처/빗방울/심청/전태일, 출판물, 1991/2002-2003년 종이에 그림을 그리는 것은 오래된 일이고 흔한 일이다. 하지만 이 화가의 경우처럼 거의 하나의 예술 장르로 될 때 종이는 소리와 색은 물론 글자보다도 더 문명적인 매질 혹은 매체고 종이부조는 미술은 물론 음악과 문학 너머까지 담아내게 된다. 이 화가의 종이부조는 한국 미술 전통에 대한 관심의 아주 자연스러운 귀결이고 동양 시각 전통의 가장 중요한 핵심인 '유현幽玄'의 현대화이자 일상화, 그리고 거처화였고 그것은 지금도 그렇고 앞으로도 그럴 것이 분명하다. 삶의 온갖 주제가 종이를 거쳐 새로운 세계로 재구성되는 동시에 종이의 깊이 혹은 결이 이제까지 없었던, 혹은 불가능했던, 혹은 눈에 보이지 않았던 세계를 보이게 한다, 즉 종이의 언어로 예술 세계를 창조한다. 이 세계 속에서 강요된 침묵이라는 말은 일순 어처구니없게 들린다. 종이의 자발적인 침묵이 온갖 발언의 미술적 핵심보다 더 우월한 것을 발하고 있는 것이다 그것도 스며듦으로써.

이 세계 속에서 불안이나 불만이라는 말은 무례하게 들린다. 종이부조의 형식이 너무나 안온하고 그 집 속에 모든 것이 너무도 편안한 거주를 허락받고 있는 까닭이다. 이 세계 속에서 고발이란 말은 뜬금없이 들린다. 소재 혹은 주제 속으로 심화하는 색과 모양과 구도의 어울림은 너무나 화기애애하기 때문이다. 우리를 죽게 만들거나 죽고 싶게 만드는 것들은 여러 차례 여러 겹으로 모습을 드러냈거나 그 정체를 들켰고, 폭군의 말투에서 70년대, 80년대 클래식이나 오늘 날 음악방송 진행 여자 아나운서의 그것에 이르기까지 여러 색깔의 소리로 들리거나 들켰다. 그러나, 그럼에도 불구하고 우리를 살게 만드는, 절망보다 더 질기고 희망보다 훨씬 더 오래된, 더 이상 빛바랠 수 없을 지경까지 빛바랬으나 바로 그렇기 때문에 극에 달한 간절함의 총천연색이 바로 그럴 것 같은, 밥 너머 밥의 원형이고 미래일 것 같은 그무엇, 바로 이 화가의 종이부조가 보여주고 있는 그 무엇은 그 전 우리 눈 앞에 보이거나 우리 귀에 들린 적이 거의 없다.

출판물 삽화는 종이부조뿐 아니라 흙부조도 있는데, 하나 하나가 삽화 본문에 충실하면서도 한군데 모아놓고 보면 종이보다 덜 문명적인 흙 매질과 종이보다 더 문명적인 출판 매체의 감이 울퉁불퉁으로 생동하여, 틈틈이 종이부조에 달하고 간간히 종이부조를 뛰어넘는 광경이 꽤나 매력적이다.

밥상, 종이부조, 118x87cm, 1982

밥상, 종이부조, 118x86cm, 1982

밥상 I, 종이부조+아크릴릭, 118x86cm, 1983

아마도, 이 화가의 종이부조 '장르'의 극명한 탄생 과정이다. "밥은 신이요 생명이고 악마요 죽음이다. 밥 속엔 생명과 죽음이 함께 있다"고 화가는 쓰고 있다.

나는 이렇게 덧붙이겠다.

마침내 생명과 죽음의, 신과 악마의 극명한 대비에서조차 안팎의 공포와 살기가 사라진다.

정안수, 종이부조＋아크릴릭, 70x105cm, 1983

아마도, 종이부조 '장르' 탄생을 완료하는 방점이다. 드물게 의미심장하고 드물게 아름답고, 의미와 아름다움이, 마침내는 흑과 백이, 장르와 소재와 주제가 구분되지 않을 정도로 절묘한 합을 이루는 방점.

귀로 II, 종이부조+석채, 272x182cm, 1983

아마도, 화가 자신에게 종이부조 '장르'에 대한 확신을 안겨주
었을 걸작. 화가는 이 작품에 대해 "방학 한 달을 아침 9시부터
오후 6시까지 작업," "크게 마음먹고 만드는 작품," "다른 작품
들과 달리 이 작품 채색은 수묵담채로," "이 작품을 만들면서 나
는 노동이 무엇인가를 알게 되었다" 등등의 표현을 동원하면서
이렇게 선언한다. 이 작품을 성공적으로 해냄으로써 나는 종이
부조 작가가 되었다….

노동 그후의 피로, 그 세속의 극치가 흐트러지듯 유현을 머금으
면서 다빈치 〈최후의 만찬〉의 그 완벽한 구도와 거룩한 깊이를
뼈대로 갖추고 살로 입는다. 규모가 큰 바로 그만큼 더.

가족 I, 종이부조+아크릴릭, 104x73cm, 1983

가족 II, 종이부조+아크릴릭, 104x73cm, 1983

꼭 이렇게 해야 할 것인가. 다른 방법은 없는가. 하지만 혼혈아인 아기의 가슴에 남아 있을 상처를 나타내기 위해서는 어쩔 수 없는 선택이었다…. 그렇게 화가는 쓰고 있지만, 내가 보기에 두 번째 작품은 췌언. 왜냐면 나머지 하나만으로도, 아니 하나만 있을 때 더욱 화가의 의도는 적중할 수 있다. 종이부조라는 '장르'의 안온과, 처리의 '이국적 혹은 원색적' 사이 대비만으로도 이 남녀, 이 사랑, 이 가족의 장래는 충분히 불길하다.

토끼와 늑대, 종이부조＋수채, 106x85.5cm, 1985

옛날이야기들은 대부분, 왜 그리 공포스러울까? 너무나 공포스러워 오히려 현대적으로 느껴지며, 실제로 현대 예술의 소재로 자주 등장하게 된다. 하지만 대대로 어른들은 그런 옛날이야기를 통해 아이들에게 삶의 공포 그 자체가 아니라, 그것을 알기도 전에 막연하게나마 다스리는 법을, 직접 얘기해주는 방식으로 자연스럽게 체득시켜주었던 것이다. 이 작품에서 종이부조 장르는 바로 그 방식을 시각적으로 구현한다. 도대체, 발상의 상상 자체가 힘들, '이야기＝방식'의 시각적 구현 너머 공간화가 이렇게 가능하다니.

우리 시대의 초상, 종이부조+아크릴릭, 120x67cm, 1986

군대-예비군-회사원-민방위를 거쳐 퇴출당하는, 그러니까 이 지겨운 민방위 언제 끝나나 하다가 정작 끝나면 별 볼 일 없는 인생의 나이가 되어버린 것을 깨닫게 되는, '분단 국가 대한민국' 남자의 일생을 그렸다고 화가는 쓰고 있지만, 이 작품에는 자화상의 종이부조 차원도 엄연히 배어 있다. 어떤 사소함과 혹시 초라함의, 사소할 수 없고 초라할 수 없는 권위라고나 할까, 그런 차원. 그리고,

우리동네 1987년 6월(여름), 10월(가을), 12월(겨울), 1988년 4월(봄), 종이부조+석채, 270x102cm, 1989

그 차원의 '동네화'는, 〈귀로 II〉와 같은 방식으로 그려진 이 작품에서 〈귀로 II〉의 당당한 배경, 혹은 안팎에 달한다. 개발에 부서지는 변두리와 개발에서 밀려난 변두리 성격이 혼합된, 사계절 변화가 시시껍절하게 번잡한 거리 혹은 장소건만, 이 작품에서만큼 동네라는 말이 풍기는, 각자 고단한 일상생활과 다정한 이웃 사이 공동체 뉘앙스를 제대로 살린 작품을 나는 보지 못하였다.

이사 가는 사람, 종이부조+아크릴릭, 177x135cm, 1990

이 작품은 앞 작품 〈우리동네〉로 가는 이사인가, 그곳을 떠나는 이사인가? 화가가 "좁은 농촌에서 쫓겨 서울로 향하는 이 괴나리 봇짐"이라고 썼으니 전자겠지만, 어쨌거나, 이 작품은 〈우리동네〉의 방점에 다름 아니다. 네 장면이 한 장면으로 압축된 바로 그 겹으로 구도가 출중해졌고, 계절 변화가 모종의 속도로 압축된 바로 그만큼 역동이 깊어졌다. 이 방점은, 〈정안수〉(1983)가 찍었던 방점보다 사회적인 동시에 미학적으로 한참 더 우월한 방점이다.

육이오 전 김씨 일가, 종이부조+석채, 131x198cm, 1990

육이오 후 김씨 일가, 종이부조+석채, 131x198cm, 1990

〈귀로 II〉와 같은 방식으로 그렸고, 노동 아니라 삶과 죽음의 소재이기에, 그것보다 더 작품성이 우월하다고 할 수는 없지만 그것보다 분명 더 '종이부조적'이며, 그래서 더 행복한 작품.

생을 지운 전쟁을 종이부조 장르가 다시 지운다. 하여, 전쟁보다 더 본질적으로 세월은, 생은, 이렇게 결핍으로 흘러간다, 그러나 다시, 종이부조로 하여, 죽음은 삶 속에 편안하게 스며들고 삶은 죽음을 배경으로 더 따스하며 애틋하다. 눈물겹고 싶지만 끝내 눈물 직전에서 멈추는, 건성乾性의 따뜻함과 애틋함.

하나됨을 위하여, 종이부조+아크릴릭, 235x266cm, 1989

문익환 목사 방북, 육이오, 그리고 성수대교 붕괴. 영웅적 낭만
주의랄까, 그냥 훌륭함이랄까, 혹은 소재의 시사성時事性이랄
까, 그런 것들은 종종 종이부조 장르와 무관하거나 그것의 '안
온=틀'을 능가하거나 그 밖으로 뛰쳐나가기 쉽다는 것을 보여
주는 작품. 앞의 '육이오' 작품과 비교하면 더욱 그렇다.

우리 시대의 풍경-육이오, 종이부조, 207x133cm, 1990

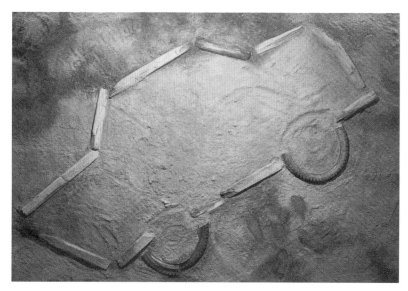

자동차 시대, 종이부조+아크릴릭, 300x360cm, 1995

포옹 I, 종이부조+아크릴릭, 83x47cm, 1993

육체의 육체성은 종이부조의 종이부조성과 어떤 세월, 어느 정도의 세월을 거쳐 어떻게 화해할까. 개인적으로, 아마도, 새롭고 젊은 사랑을 기념 혹은 자축하는 것처럼 보이는 첫 번째 작품은 또한 예술적으로, 물음표 없이, 그렇게 자문하고 있는 듯하다. 사랑의 육체적 처음과 예술의 육체적 처음(의 겹침)은 말 그대로 육체적이면서도 신비하기 짝이 없는데, 화가는 말없음표를 앞세운 다음 "그리고 그들은 아무 말이 없었다."고 썼다. 그 신비는 찬란한 만큼 짧고, 신비에서 깨어나, 두 번째 작품은, 역시 물음표 없이, 그리고 시기가 첫째 작품보다 더 앞이든 뒤든 그런 것은 상관없다는 투로, 이렇게 묻고 있는 듯하다.

종이화한 육체성이 육체보다 더 육체적일 수 있다면 그것은 어떤 육체이고 어떤 사랑이고 어떤 예술일까. 하지만, 동시에, 이 작품은 그 대답을 형상화한 것이기도 하다. 사랑의 정신이 종이화하면서, 사랑의 행위가 습기를 내놓으면서, 사랑의 육체를 정말 돋을새김한다. 아니, 종이부조 장르를 입으며 사랑으로 육체는 정신의 해방이고 정신은 육체의 거처라는 의미가, 갈수록 딱딱해지는 방식이 아니라 묻어나는 방식, 혹은 보풀 일 듯 일어나며 그 일어남의 흐름이 돋을새김되는 방식으로. 그리고 그 과정을 장식하는 것은 세 번째 작품에서 보듯, 묻어날수록 '흑백의 대비와 통일'이 열렬한 포옹이다. 사랑이 없으면 아무 것도 없다, 당연히, 라고 화가는 썼다.

포옹, 종이부조+아크릴릭, 164x213cm, 1995

포옹, 목판화, 90x180cm, 1995

고은高銀 손, 종이에 먹+흙, 27x34cm, 1995

"머리가 손을 지배한다고들 생각하는데, 나는 손을 통해서 머리가 움직여야 세상이 밝아진다고 믿는다…."

매우 도덕적인 화가의 이 발언을 예술적으로 바꿔 말하면 이렇다. 머리는 상상하지만 거푸집인 손을 통해야 비로소 상상력의 형상, 혹은 형상적 상상력을 갖게 되고, 그래야 비로소 상상으로 형상화할 수 있다. 왜냐면 만들 생각이 없는, 그냥 보거나 듣거나 냄새 맡을 뿐인 행위는 그냥 상상에 머물 뿐이다. 사랑과 예술 창조의 공통점은, 만짐에서 시작된다는 것이다.

바흐가 악기와 소리를 '만져 보는' 연습 자체에 매혹되었듯 이 화가는 손에 매혹되고, 바흐가 평생의 꾸준한 연습으로 음악사를 한 단계 높은 수준으로 끌어올렸듯 이 화가는 가장 실물 가깝게 도드라진 종이부조 손으로 마침내 종이부조 땅을 일으켜 세운다, 일어서게 한다.

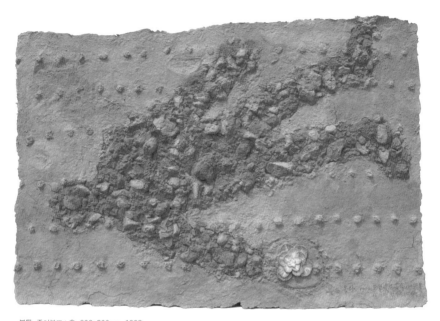

봄동, 종이부조＋흙, 202x300cm, 1993

봄동은 한데서 겨울을 보내어 속이 들지 못한 배추. 잎이 옆으로 퍼진 모양이며, 달고 씹히는 맛이 있다. 몹시 거대하게 누워 있는 이 흙사람은 땅 속으로 죽어가는 중인가, 땅 위로 살아나는 중인가? 화가는 "거꾸로 대각선으로 누워 있는 사람은 오늘의 농민들"이라고 썼다. 그렇다면 다시 묻자. 오늘의 농민들은 땅 속으로 죽어가는 중인가, 땅 위로 살아나는 중인가?

종이부조는 그 질문을 좀 더 의미심장한 것으로 만든다.

흙은 생명과 죽음 양자의 활기찬 토대고 장場이다. 두 번째 작품에서 보듯 흙은 짓밟힘 자체가 일어섬일 수 있다. 그리고 세 번째 작품에서 보듯 흙에서 죽음은 또 다른 삶이다. 종이부조 흙 위에 다시 얹힌 종이에 새겨진 죽음의 모습, 의 일어섬. 어떤 중인지는 우리가 무엇을 어떻게 하느냐뿐 아니라 무엇을 어떻게 생각하느냐에도 달렸고, 그 모든 것이 바로 일어섬이기도 하다. 흙이 뜻하는 것을 다시 한번 '죽음=생명'화하는 종이부조의 일어섬. 이후의 숱한 일어섬을 야기하는 일어섬. 일어서는 땅은 앞으로도 계속 일어선다. 불로도 일어서고 물로도 일어선다.

일어서는 땅—트렉터, 종이부조+아크릴릭+흙, 340x340cccm, 1995(66)

일어서는 땅—천, 종이부조, 175x212cm, 1995

물의 노래 II, 종이부조, 110x130cm, 1994

물은 그리는 것만으로도 즐겁다, 라고 화가는 쓰고 있지만, 종이부조 '장르'로 담기에 물처럼 어려운 것이 또 있을까. 성분은 물론 지향까지 정반대인데? 이 작품에서 물결과 종이부조 결이 겹치는 부분은 얼핏 황홀지경이지만 자세히 보면 물이 종이부조를 '장르'로 격상시키지 않고 오히려 종이로 내려앉히는 부분도 있는 듯하다.

그리고, 두 번째 작품에서 그 숱한 안팎 2원색의 상체 윤곽 종이부조에서 물은 분리되어 있다. 아니, 화가는 이렇게 썼다. 전시장 입구를 휘황찬란한 메디테이션의 세계로 꾸몄다. 그리고 천 길 낭떠러지로 떨어지는 검은 물의 강을 건너도록 설치했다 ….

세 번째 작품은, 경우가 전혀 다르다. '흙의 아들이자 전사'였던 김남주 시인을 많이 알면 알수록 더욱, 그리고 설령 모를지라도 어느 정도는, '흙에 채색' 작품임에도 불구하고, 완벽한 흙의 종이부조거나 종이부조의 흙이다.

역사의 징검다리—안과 밖, 종이부조+색채, 1997

김남주 시인, 흙에 채색, 53x40cm, 1994

일출, 캔버스에 아크릴릭, 131x131cm, 1997

물이 아니라 바다라면? 바다의 종이부조라면? 〈일출〉에 대해 화가는 "차가운 바닷속 철조망에 막혀 떠오르지 못하고 있는 태양을 대신해 망향가를 담은 배를 하늘에 띄웠다. 허공에 떠 있는 얼어붙은 남북의 새해 일출."이라고 썼지만 이 일출은 여느 일출 못지않게 장엄하고 색의 선과 모양이 이루는 구도의 명징성이 내용의 뒤틀림을 능가해 버린다. 나무 조각의 명징성이 너무 뛰어나 배 모양을 능가해버리고, 검푸른 바닷속에 갇히고 가시철조망으로 막힌 붉은 태양의 모양을 능가해버린다. 하지만 이 작품은 '캔버스+아크릴릭' 기법이지 종이부조가 아니다. 그러면 그렇지…. 그런데, 다음의 〈동해〉는 어떤가. 정말 놀라운 작품이다. 종이부조 장르의 위력이 작가의 의도를 바야흐로 배반할 참인가? 화가는 이렇게 썼다. 동해바다에서 잡혀와 건어물이 된 오징어, 명태, 멸치 등을 바다로 다시 돌려보내면서, 그들이 이미 와 본 이곳 한반도를 어떻게 생각하고 있을지 조명해보고 싶었다…. 그래, 그렇지, 그 말도 알겠는데, 이 작품은 화가의 설명보다 더 나아가는 동시에 상당 부분 뒤집는다. 단색의 바다 물결이 종이부조 결을 닮으면서 '건어물'들은 한반도를 생각하지 않고 자신의 내세를 일제히 향하는 것 같고, '일제히'라는 부사는 사태의 기괴성을 충분히 능가할 정도로 위력적이다. 이 건어물들은 종이부조의 물고기 차원, 혹은 물고기의 종이부조 차원을 스스로 아는 동시에 스스로 이룩하는 '자연=기적'의 건어물들이다. 비로소, 화가의 처음 말로 돌아가, 인간의 인간 중심 사고가 전복된다, 기괴하지도 않게. 그나저나 이 화가와 종이부조 장르 사이 앞으로 관계가 정말 궁금하다. 설마, 혹시…!

동해, 종이부조+아크릴릭+수채, 1997

새, 종이부조+아크릴릭, 269x215cm, 1983

이야기도 없이 바야흐로 먹이를 낚아챌 기세 하나만으로 하늘 공간의 반 이상을 차지하고 있는 이 거대한 검은 〈새〉는 종이부조의 탄생과 더불어 태어났고 종이부조 생애의 반을 추동할 기세였지만 종이 부조 미학에 적응하지 못하고 곧 사라졌고 그 뒤 다시 새가, 그리고 동물과 식물이 종이부조로, 본격적으로 나타나는 것은 10년도 더 지나, 〈무릉도원〉을 거치며 장식성으로서 종이부조를 입고난 후다. 하여 흰새, 흰꽃, 제비꽃…, 앙증맞고 순박하고 단순함의 의미가 깊은 숱한 장식 종이부조들이 폭발적으로, 우리의 미술적 시야에 거의 편재할 정도로 생산된다. 공공미술의 이면을 이루는 이것들을 '밥의 아름다움'이라 부를까 아니면 '밥의 만년작'이라 부를까.

무릉도원, 종이 위에 먹+석채, 57x41cm, 1995

흰새, 종이부조+아크릴릭, 36x35cm, 1996

흰꽃, 종이부조+아크릴릭, 47x33cm, 1996

제비꽃, 종이부조+수채, 36x27cm, 1997

쌀 목욕, 점토+쌀, 40 x400cm, 1999

그리고, 역시…, 이 작품에 대해 화가는 "의식儀式이 사라진 자리에 생명 대신 쾌락과 퇴폐만이 가득하다"고 썼지만, 내가 보기에 이 작품은, 소재적인 대목 아주 약간만을 수정한다면, 종이부조 장르 자체의 방점이라 할 만하다. 조각 장르화한 종이부조 장르, 다르게 말하면 종이부조 자체의 의식화儀式化로 보이는 것.

〈돌부처〉

1991년 김지하가 동아일보에 연재한 〈나의 회상 ' 모로 누운 돌부처' 〉에 삽화로 실었던 것을 모았다. 전설적인 김지하 회상과 시사적인 김지하 ' 사태' 사이 민중 예술가의 고민이 적나라하고 역연하다.

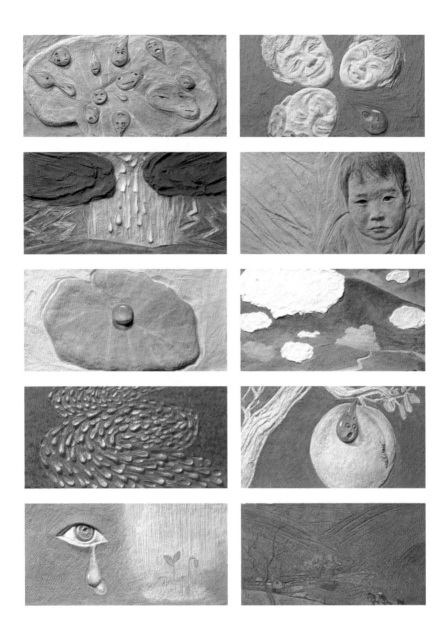

〈빗방울〉

유경환의 동명 그림동화 「빗방울」에 삽화로 실었던 것들을 모
았다. 화가의 동심을 보는 의미의 재미가 쏠쏠하다.

〈심청〉

황석영이 한국일보에 연재한 장편소설 〈심청, 연꽃의 길〉 전반
부에 삽화로 실었던 것을 모았다. 이 화가의 작품뿐 아니라 주
요 일간지 신문연재 소설 삽화 전체를 두고 보더라도 '육감적'
이 가장 아슬아슬하고 흥미진진하고, 새로웠던 사례 중 하나로
꼽힐 만하다.

〈전태일〉

김정환이 인터넷 신문 '프레시안'에 연재한 장편소설 「남자, 여자, 그리고 영화」에 그 대강이 삽화로 실렸다가 책으로 낼 때 대폭 수정한 것을 모았다.

화가는 이렇게 썼다. "내가 흙을 선택한 것은 이 질료가 가지는 힘을 믿기 때문이다. 흙은 스스로를 내세우지 않는다. 흙은 몸을 맡긴다. 모든 것을 껴안는다. 모성이다. 김정환 소설을 그리는 것이기도 했지만 나는 '전태일'을 그렸다. 그의 정신을 표현한다는 부담감이 무척이나 컸던 만큼 흙이 어쩌면 나를 대신 구원해준 셈이다. 전태일 정신의 부활을 나는 흙에서 발견한 것이다…."

전태일의 마지막 며칠을 한 5년 뒤 소위 운동권 남녀의 4반세기 넘는 그후 행각과 겹치는 구조의 이 소설 소제목은 다음과 같다. '프롤로그/1 남과 여/2 여관의 사랑/3 질문의 육체/4 그 사람/5 동요를 위하여/6 가족/7 학교/8 가출/9 만남/10 유토피아의 감옥/11 질주/12 죽음의 이면/13 여자와남자/14 친구/15 머나먼 추락/16 선배/17 유토피아의 감옥2/18 질주2/19 죽음, 기억을 파괴하다/20 현실과 환상/21 예술의 독백/22 증오의 감옥/23 침몰하는, 거대한/에필로그.'

은자의 노래들

내 책의 줄 그어진 합창단 위로
들린다 들새 환호작약.

I

검은 무명 잘라낸 것들로,
오래된 등화관제 블라인드 남은 것들
다리미질하고, 십자 실로 시침질하여,
우리는 출판된 책들 커버를 덧입혔다.

더 좋겠지만 덜 오래가는 걸로,
결이 파슬파슬한 벽지가 있다:
안에 감춰진 장미 장식 수술들이 다듬질
다리미 아래 눌리고 평평해진.

갈색 포장지, 필요하다면.
신문 인쇄용지, 그것도. 무엇이든
새로움을 위한 은신처만 된다면,
알아야지 우리는 지키는 역할일 뿐이라는 거.

II

열리다, 자리잡다, 냄새나다, 시작하다.

한 자 한 자 다 써보기. 손가락으로 따라가보기:

퍼자 성인, 콤실 성인,

수수께끼 푸는 그 은자들이 있는—

리스모어의 매코이게, 예를 들면,

그는, 어떤 성격

속성이 가장 최고냐는 질문을 받고, 이렇게 대답했다

"끈기다, 그게 최고거든

사람이 일에 손을 댄 게

견디어내기 위해서라면 말이지. 난 들어본 적이 없어

그걸로 트집 잡혔단 얘기는." 혀로 시험해본 말을 손가락으로

따라가보고, 다시 따라가보고, 입술로 읽어보는 것.

III

빵과 연필들. 퀴퀴한 냄새 나는 책가방.

공부해야 할 수업들의 시대.

독자여, 우리 것은 "읽는 책들"이었고

우리들은 "학자"였다, 우리의 행운이다

첫째로 이런 학교교육을 받았다는 것은

그 모든 두번째 그리고 세번째 넘겨줌에도 불구하고 말이지.

길가 목동이 네게 일러주었다.

벽난로 구석의 시빌들.

놀람의 시대이기도, 이런 유:

빵-핵심의 공으로 문질러 지우기,

"옮기는 중"인 새와 나비들

백지로 에덴에서 온 우표 같은.

IV

주인 가게는 하나의 딴 곳:

검은 주석 칼집에 담긴 펜대―그랬나?―

금속 싸개, 어쨌거나,

펜촉 단단히 잡고 있는 각피―

그리고 대량으로 곽에 담긴 펜촉들,

가루 잉크, 다발로 묶인 향나무 연필들,

수첩들, 연습장들, 자들,

선반 위에 부장품처럼 쌓여 있는.

특권, 심부름 보내져

가져오는, 완전 새것 같은 분필 한 상자든

베껴 쓰게 할 완벽한 모범 초서체의

표제 교재든 말이지.

V

"tu를 철자하는 올바른 방법 세 가지가 있다.
어떻게 써내려갈지 말해보겠니?"
목동이 묻는다. 그리고 우리가 못하는 경우,
"선생님께 여쭤봐라 그분이 하실 수 있는지."

Neque, 카이사르가 말한다, fasesse
Existimant ea litteris
Mandare. "사람들이 옳다고 생각하지도 않는다
자기가 아는 것을 글쓰기에 떠맡기는 것을."

않은 것 맞지, 그러니까 바야흐로
그 찬송가 책 등장하기까지는. 그 찬송가책 이름이 아일랜드어로 cathach,
"악전고투하는 자"란 뜻이야, 승리를 뜻했지
그것을 들고 군대 둘레를 세 번 돌 경우.

VI

불꽃이 얼스터 전사들의 가격으로

휘둘리던 칼에서 튀어 브리크리우의 홀을

태양처럼 활활 타오르게 만들었지, '흐리멍덩 암소(Dun Cow)' 이야기를 베낀

필경사에 의하면; 그런 다음엔 쿠훌린이

자수 놓는 시녀들을 즐겁게 해주었어

바늘을 공중에 던져

그것들이 떨어지면서 한 바늘 끝이

다음 바늘귀에 꽂혀서

반짝이는 어지러운 사슬 이루게 했거든―

내 꿈속에서 펜촉 대량

선반에서 쏟아지고, 공수되고 연결되어

현기증 나는 금박 코로나 이루듯.

VII

학교의 전망을 학교는

이해하려 들지 않는다, 나도, 완전히는:

내 손 흐르는 개울의 차가움 속에

유보 상태, 유리 비커 하나 잠겨

흐름에 차고 있는 중. 난 보내졌어,

특권을 누리는 자, 물,

잉크 가루를 잉크로 만들 물 가져오라고—

노천으로, 땅과 하늘로 보내진 거야

그리고 운동장 고요하고, 노래 수업은

내가 빠져도 좋다고 허락받았는데,

열린 창 통해 바깥으로 나오네,

하지만 조용하고 모든 게 한 세상 멀리 떨어져 있다.

VIII

"잉크우물" 지금 뜻을 강탈당한 상태인 것은

"뿔로 만든 잉크" 못지않지: 흐리멍덩 암소의 그것이랄까,

위아래 뒤집혀 살짝 담그는 거리에 처박혀 있는

그 수도실 바닥의. 그러니 콤실 성인

즉흥시 안 쓰시겠나 시끄런 입이 상륙하며

이오나 침묵을 깨는데:

이 항구 고함꾼(대충 이렇게 나가),

손에 지팡이 들고, 도착하리라

평화의 입맞춤에 입 맞추려는 꿍심으로,

그는 큰 실수 하며 오리라,

그의 발가락이 잡고 뒤집으리라

내 작은 뿔로 만든 잉크병을, 내 잉크를 흘리리라.

XI

한 위대한 인물은 믿었다 "의미",

우주 속으로 빠르게 번지며 한 단어처럼

비명 지르고 항의하는 그것을, 다른 이가 믿은 것은

"시인의 상상 행위와

사랑의 기억":

내 믿음을 나는 당분간

꾸준한 손가짐에 둔다, 책들 속에

유지되어 그것들의 사라짐을 막는.

리스모어 서. 켈스. 아르마.

레칸의, 그것의 위대한 옐로북.

"악전고투하는 자," 산딸기 갈색으로 변한, 소중히 모셔진.

절인 짐승 가죽. 한참 시험받은 펜들.

육이오, 유채, 395x138cm, 1984

칼, 아크릴릭, 160x160cm, 1987

그대 영전에, 아크릴릭, 215.5x147.5cm, 1990

숲의 눈물, 유채, 187x163cm, 1996

웅덩이, 아크릴릭, 210x134cm, 1985

웅덩이 V, 아크릴릭, 209x138cm, 1988

껍데기는 가라 I, 천 위에 흙+아크릴릭, 215x302cm, 1990

물의 노래, 캔버스에 아크릴릭, 183x139cm, 1990

웅덩이, 에스키스, 90x75cm, 1990

광주는 끝나지 않았다, 망월동 5·18 신묘역 내, 지름 1500cmx깊이 40cm 물 웅덩이, 1997

백산(白山), 아크릴릭, 195x137cm, 1987

죽창 십자가, 천에 아크릴릭+흙, 21x31cm, 1991

무우, 캔버스 위에 아크릴릭, 278x139cm, 1987

어머니, 아크릴릭, 120x135cm, 1988

대지−어머니, 철, 335x210cm, 1993

우리시대의 풍경−들, 바람, 사람들, 캔버스에 아크릴릭+흙, 890x200cm, 1990

우리 시대의 풍경−달동네, 아크릴릭, 445x148cm, 1990

당산나무 III, 캔버스에 아크릴릭, 358x240cm, 1991

탐라 가는 길, 파스텔, 112x119cm, 1993

일어서는 땅, 1995

일어서는 땅−불, 종이부조+흙+안료, 169x218cm, 1995

일어서는 땅−물, 종이부조+흙+안료, 187x230cm, 1995

육이오는 한국현대사 재앙의 가장 근본적이고 가장 슬픈 어머니다. 분단과 독재와 4·19와 5·16, 그리고 80년 광주, 온갖 사태의 재앙적인 측면이 모두 거기서 비롯되었다. 슬픔의 규모가 너무 크고 너무 깊고 오래되어 우리는 육이오를 온갖 재앙의 어머니가 아니라 그냥 어머니, 심지어 따스한 어머니로 착각할 때까지 있다. 자식 재앙들의 피가 아직 선연할수록. 아직 서슬푸를수록. 그리고 사람들은 재앙의 어머니보다 더 빠르게 늙고 더 사소하게 비극적으로 이 땅에서 사라진다. 어느새 육이오는 우리의 거대한 뿌리가 되기도 한다. 단지 슬픔뿐 아니라, 어처구니없게도 감동의. 그리고 그것을 가장 슬퍼하면서 재앙의 어머니, 육이오의 슬픔은 더 거대해지고 더 깊어지고 더 만연한다. 전쟁이란 정말 얼마나 몹쓸 짓인가, 우리는 그렇게 땅을 치며, 한탄하면서, 스스로 한탄의 땅이 되었다가 마구 솟구쳐 제 몸에 밴 살기를 제 몸의 징그런 비늘 털어내듯 털어내려 몸부림치면서, 그러나 재앙의 어머니, 육이오의 거대한 정지만을 볼 뿐이다. 재앙의 어머니, 육이오 생애에 비해 우리 생애 형편없이 짧고, 번잡하므로.

육이오, 유채, 395x138cm, 1984

칼, 아크릴릭, 160x160cm, 1987

"칼과 나무, 결코 하나가 될 수 없는 것을 하나로 만들었다. 광주민중항쟁 10주년에 한 송이 꽃 대신 한 자루의 칼을 영령에게 바쳤다…" 이 설명은 〈숲의 눈물〉에 와서 비로소 완성된다. 그렇다. 원소들의 변증법을 추동하는 것은 분노라기보다 슬픔이고 눈물이고 상처다. 그럴 수 있을 때 대비는 극명할수록 좋다.

그대 영전에, 아크릴릭, 215.5x147.5cm, 1990

숲의 눈물, 유채, 187x163cm, 1996

웅덩이, 아크릴릭, 210x134cm, 1985

하늘을 받아들인 웅덩이는 스스로 하늘이다. 왜냐면 웅덩이는 반영이 자신의 존재다. 역사를 역사적으로, 즉 지금과 당시의 거리를 육화하면서 받아들일 때 웅덩이는 스스로 역사다. 왜냐면, 웅덩이는 고여 있음으로서 반영, 그리고 고여 있음으로써 반영이 자신의 존재고 그러므로 전봉준을 반영으로 띄워 올릴 수 있다(〈웅덩이 V〉). 흙으로 이뤄져 높이 치솟는 불길에 제 몸을 맡기고(〈껍데기는 가라 I〉), 죽음의 깊이가 서늘한 물을 제 몸에 받아들여야(〈물의 노래〉) 비로소 웅덩이는 스스로 제 생명을 느끼고 기획을 받아들일 수 있다, 제 몸을 핏빛 물 웅덩이로 만들려는 기획을.

웅덩이 Ⅴ, 아크릴릭, 209x138cm, 1988

껍데기는 가라 I, 천 위에 흙+아크릴릭, 215x302cm, 1990

물의 노래, 캔버스에 아크릴릭, 183x139cm, 1990

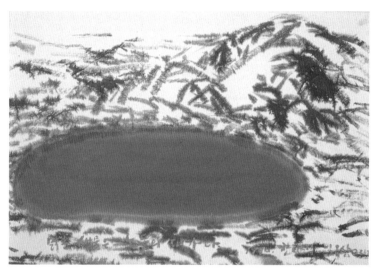

웅덩이, 에스키스, 90x75cm, 1990

광주는 끝나지 않았다, 망월동 5 18 신묘역 내, 지름 1,500cmx깊이 40cm 물 웅덩이, 1997

그런데, 핏빛 물밖에 없는 이 웅덩이, 왜 이리 큰가. 화가는 언제 그림을, 아니 그림의 단순한 크기를 끝없이 넓히고 싶어하는가? 참혹의 역사를 참혹 그대로 후대에게 전달하려는 선대는 아둔한 선대다. 고생이 심했을수록, 모든 선대는 온갖 역사의 의미를 전보다 더 아름다운 언어로 후대에게 전해야 할 의무가 있고 모든 후대는 그런 방식으로 더 우월한 아름다움을 전해받을 권리가 있다. 아니, 미래를 생각한다면, 거꾸로 얘기해도 된다. 모든 선대는 그럴 권리가 있고 모든 후대는 그럴 의무가 있다. 수난과 투쟁의 참혹은 참혹할수록 의미와 전망의 아름다움의 질을 드높여준다. 방금 말한 웅덩이의 생애처럼. 그러니 우선, 지울 수 없는 피 웅덩이를 피 흘리게 한 자들이 지우려 한다고 그냥 피비린 채 두는 것에서 더 나아가, 피 웅덩이를 끝없이 넓히기, 피비림의 피가 전망의 혈색으로 바뀔 때까지, 혹시 너무 커서 육안에 보이지 않고 아름다운 저녁노을로만 보일 때까지 넓히기.

죽은 자들, 피흘린 자들 저 아름다운 저녁노을 되었다면 매일의 저녁은 얼마나 장엄한 아름다움인가. 〈광주는 끝나지 않았다〉는 아직, 단순의 크기가 넓을수록 걸작인 걸작이다.

무우, 캔버스 위에 아크릴릭, 278x139cm, 1987

"그 무게만큼이나 농민의 시름이었"던 무우, "농작물을 수확할 비용조차 없었"던 농민. 이 무우의, 단순의 크기 맥락은 웅덩이의 그것과 사뭇 다르지만, 웅덩이는 수난의 피와, 무우는 생활의 가격과 연관이 있다는 것을 감안하면 그 무모한 무게 혹은 여유가 잘못된 것이라고 볼 수는 없다. 상상력이 크게 만화적이거나 풍자적인 데 반해 묘사가 오히려 너무 뛰어나, 도로가 되어버렸다. 그래서 웅덩이에 비해 미학이 다소 절충적이라고 할 수는 있겠으나, 진정 '농촌적인 것'이란 무엇인가? 그게 정말 문제다. 그리고,

백산(白山), 아크릴릭, 195x137cm, 1987

죽창 십자가, 천에 아크릴릭+흙, 21x31cm, 1991

이 두 '전봉준' 그림은 흡사, 그 말을 화가 스스로 되뇌이고 있는 형국 그 자체의 묘사 같아 매우 흥미롭다.

어머니, 아크릴릭, 120x135cm, 1988

"남편을 먼저 보내고 35년 가까이 홀로 농사지으시며 살고 있는, 자식이 서울에서 불러도 한사코 이를 거절하시는 작은 어머니…. 손수 지은 논밭의 곡식이 홍수로 모두 떠내려간 현장에서 망연자실해하며 서울 사는 성공한 자식의 편지를 읽고 또 읽는 이 땅의 어머니들을 생각하며 그렸다…." 이 현실의, 혹시 작은어머니는 이미 재앙이 휩쓸고 간 마을 전체와 한몸이다. 그녀는 표정과 자세는 체념과 몸에 밴 근면 사이 있다. 5년 뒤 〈대지-어머니〉는 어떤가? "대지를 뚫고 나온, 대지와 한 몸인 형상을 만들었다. 한 손은 대지에 대한 믿음으로 대지를 당당히 누르고, 또 다른 손은 대지에 대한 사랑으로 대지를 부드럽게 어루만진다. 시선은 약간 아래를 향하게 하였다.…대지-어머니도 가공의 인물은 아니고 시골의 어느 할머니를 어렵사리 설득하여 모델로 삼은 것이다." 하지만, 젖가슴이 늘어지고 피부가 쭈글쭈글한 채로 '철화'한 만큼 '동상화'했고, '신화화'했다. 그에 비하면 앞의 어머니는 실제보다 좀더 불행이 과장되면서 '초라화'했을까? 어쨌거나 이 두 어머니가 서로를 파고들고, 서로가 서로의 지향이고 '전형화'(는 결코 유형화가 아니다)야말로 최고의 미학적 가치를 담보한다는 점이 그림과 동상 사이 의사소통 내용으로 될 때, 비로소, '진정 농촌적인 것'의 문제가 해결되고 이 땅의 어머니가 육이오라는 '재앙의 어머니'를 온전히 극복하게 될 것이다. 그 광경이, 도대체 가시화할 수 있는 것인지 모르겠지만. 시인인 나와 이 화가가 나누는 대화랄까 뭐 그런 것에 제목이랄까 뭐 그런 것을 붙이자면, '전망은 그릴 수 없는, 아름다운 그림' 쯤 될 것이다.

대지-어머니, 철, 335x210cm, 1993

우리시대의 풍경-들, 바람, 사람들, 캔버스에 아크릴릭+흙, 890x200cm, 1990

우리 시대의 풍경-달동네, 아크릴릭, 445x148cm, 1990

'들, 바람, 사람들'에 대해 화가는 "이야기를 읽을 수 있는 그림, 시간을 담는 그림을 그리고 싶었"으나 미완성으로 끝났다 했고, '달동네'에 대해서는 "황혼이 깃들기 시작하는 저녁을 나는 제일 좋아한다…지는 태양, 노을, 그림자, 가로등, 네온사인…"이라고 썼다. 시간, 이야기와 저녁 광경이라. 그러니까 이 두 그림을, 앞의 두 그림처럼 합쳐 보아야, 앞의 경우가 다소 농촌적인 데 비해 다소 도시적인, '그릴 수 없지만 아름다운 그림인 전망'이 실감될 수 있다는 얘기겠다.

당산나무 III, 캔버스에 아크릴릭, 358x240cm, 1991

〈당산나무〉에 대해 화가는 이렇게 썼다. 인간은 고작 길어야 1백 년을 살지만 나무는 4백 년, 5백 년을 산다. 동구 밖 당산나무 아래에 이 동네 출신 사람들이 어느 날 다 모였다. 정치가, 판검사, 군인, 학생, 노동자, 농민, 노인, 아이가 모두…. 그러니까 〈당산나무〉는, 전망은 '그릴 수 없는 아름다운 그림'이지만, 맞지만, 바로 그렇기 때문에, 실패하더라도, 이게 아닌데라는 생각이 나날이, 심지어 그림에 손을 미처 대기도 전에 들더라도, 나날이 그리지 않을 수 없고, 설령 그릴 수 없는 것을 그린 그림은 유토피아 미학에 머물 망정 그 실패의 과정은, 끈질기기만 하다면, '그릴 수 없는, 아름다운 그림'의 아름다움의 질을 어느새 한 단계 더 높여놓게 되는 것 아니겠는가 하는 '비주얼' 자체의 운명에 관한 얘기겠다. 그리고 끈질김이라…, 작품의 크기와 작품에 담긴 소재 및 세계, 그리고 세계관의 크기가 이렇게 마구 확대되면서도 이 화가가 '세밀'을 놓치지 않는 그 끈기와 힘, 그리고 정력은 정말 놀랍고, 어떤 작품 못지않게 감동적이다. 이 과정을 나는 작품뿐 아니라 사건 발단 및 제작 과정까지 포괄한 '빠삐용적인 것'이라고 말하고 싶다.

그리고, 파스텔로 그린 〈탐라가는 길〉은 이 모든 '그릴 수 없는, 아름다운'을 수긍하고 감내하는 그 '침묵=움직임'으로, '그릴 수 없음' 그 자체의 그릴 수 있음에 달하는, 고요할수록 지극한 아름다움을 내뿜는다.

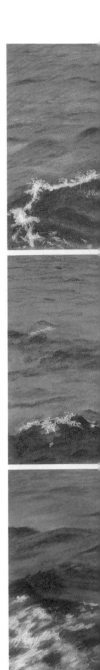

탐라 가는 길, 파스텔, 112x119cm, 1993

일어서는 땅, 1995

〈일어서는 땅〉은 한마디로, 걸작이다. 이 일어섬은 '흙 사람' 소재 혹은 주제임에도 불구하고, 이런 사례로는 아주 드물게, '이전'에서 '이후'로의 일어섬, 즉 '전망은 그릴 수 없는, 아름다운 그림'이라는 명제의 미학을 동력화한다. 하여 흙에 일체의 누추가 끼어들 틈이 없다. 화가의 말도 일품이다. "재료인 흙을 그대로 깔아놓고 맨발로 걸어보니 저절로 탄성이 나왔다. 흙의 육체성이 그대로 전달되어 왔다." 그리고 그 흙은 흙의 육체성 너머 '이전 → 이후' 아니라 '이전 ↑ 이후'의 그것으로서 육체성을 입은 흙이며, 그 이룩된 육체성은 너무도 강력하여 다시 재료 상태로 되돌아간 흙을 맨발로 밟는 것만으로도 여전히 느껴질 뿐 아니라 탄성을 발하게 한다. 이전은 무엇이고 이후는 무슨 얘긴가. 문명이 잘못 발전되어온 것은 맞지만 그렇다고, 죽기 전에야 (흙으로) 돌아갈 수는 없는 일이므로, 우리는 어디까지 돌아갈 것인가, 갈 수 있을 것인가, 라고 묻는 게 아니라, 어디서부터 고쳐 시작하거나 다시 시작해야 할 것인가, 라고 물어야 하고, 물을밖에 없다. 그리고 사실, 필요란 돌아갈 필요가 아니라 그렇게 시작할 필요가 있을 때만 진정한 필요다. 그것이 이전의 이후고 미래고, 바로 전망의 그림이다.

그것에 비하면, 〈일어서는 땅―불〉과 〈일어서는 땅―물〉은 아무래도 미흡하다. 종이부조 작품이란 점을 감안하면, 더욱 미흡하다. 그냥 흙인 흙이 종이부조 '장르'를 억압하고 있는 형국이랄까. 어디까지 돌아갈 것인가, 갈 수 있을 것인가, 라고 이 두 작품은 내게 묻고 있는 듯하고, 정말 그렇다면 나는, 우리는 적어도 땅 아니라, 종이에서부터는 다시, 고쳐 시작할 수 있을 것 같

일어서는 땅-불, 종이부조+흙+안료, 169x218cm, 1995

일어서는 땅-물, 종이부조+흙+안료, 187x230cm, 1995

다고 대답하고 싶어하는 듯한 느낌이다. 이 화가의 걸작 종이부조 작품들을 이미 본 터이므로 더욱. 위의 불과 아래의 물은, 아무리 보아도, 그냥 덧씌워진 모양새다.

〈흙〉은 박노해가 중앙일보에 연재한 '희망 찾기' 삽화 가운데 하나지만, 이전의 흙으로 희망을 찾을 수 있겠으나, 전망에 달하기는 힘들다.

2002년 전시 '철기시대 이후를 생각한다'

내게 미술은 공간 속으로 공간을 심화하는, 즉 장르적 한계를 벗어나는 게 아니라 '한계 속으로 극복'하는, 그래서 매력적인 예술 장르다. 물론 모든 예술 장르가 그렇지만 미술은 연극·영화보다 가시적으로, 공간-응축적으로 그렇고 음악이 무엇보다 시간-응축적으로 그렇다. 남한의 1980년대 예술운동을 주도적으로 이끌었던 민중미술은 (전시)공간과 정치적 영향력을 '공히' 최대화하는 동시에 천박화했고, 그러므로 민중운동의 퇴조에 따른 공간과 정치적 영향력의 '경악스러운' 감소를 겪을 수밖에 없었다. 그리고 얼마 동안, 공간이 심화하지만, 동시에 추상-부조리화한다. 임옥상 미술은 '천박화'와 '추상화' 경향 양자에 대한 강력한 '예술적' 저항인 동시에, 당연히, '예술적이므로 정치적'인, 희귀한 경우다. 임옥상의 걸작들은 미술이 '공간 속으로 심화'하는 동시에 세상을 변화시키는 데 가장 먼저 앞장서는, 서야 하는, 가장 광범하고 포괄적이며 근본적인, 그래서 예술적인 장르라는 점을 확인시켜준다. 그렇다. 그의 미술은 극좌 경향에 대한 반동으로 우경화하는 '미술의 질병'을 치유해주는 것이다.

내가 보기에 임옥상 미술은 적절하게 그리고, 당연히, 고통스런 경로를 통해 '철기시대'에 이르렀다. 사회의식 혹은 투쟁은 예술가의 미적 전망을 제한하고 '형식/내용' 균형을 손상시키고 '혁명-유토피아적' 환영을 진부한 미학적 관습으로 복제, 자기 자신의 현실주의를 배반하기 십상이지만 임옥상 미술은, 다르다. 가장 '활동가적' '이면서 또한' 남한의 가장 세련된 장면 중 하나로, 현장과 생짜로 부딪치는 육체의 팽팽한 근육이 어느새 저항 정신과 해학, 그리고 조형미를 원숙하게 조화시킨 당대의 명품으로 전화되어 있는 것이다. 그의 〈땅〉 시대(〈보리밭〉 연작)는 여러 겹 갈등의 시대였다. 자연과 문명의, 고향과 전쟁 기억의, 불안과 충동의, 사실주의와 모더니즘의, 열망과 경악의, '원原색-형태'와

'형태 우선적인 색'의 갈등. 그리고 그 갈등들은 '종이의 얇음'이 오히려 세월의 '깊이=죽음'을 닮고, 생명의 희석화가 오히려 역사의 비극 너머 모종의 영원을 단아화하는 종이 부조 걸작들의 도움을 받아, 죽음·웃음을 폭넓게 감당하는 오페라 부파의 미학으로 (화해가 아니라) 원숙해졌다. 그리고, 그렇게, 스테인리스와 고철 작품들에서 그는 더 '예술가적'이다. 그의 〈포크와 나이프, 스푼〉 스테인리스 작품들은 인간 문명에 대한 '빛나는-토하는' 비판(〈꽁치〉)이며 '그리고 또한' '예술=먹는 행위'(〈매달린 물고기〉)에 대한 철학적 해석이기도 하다.

숱한 생선을 먹어 치운 포크와 나이프, 스푼들을 '소재 혹은 매질'로 한 마리 생선을 형상화한다는 것. 주체와 대상의 역전, 내용과 형식의 역전, 먹는 것과 먹힌 것의 역전, 먹는 문화의 예술화, 즉 예술의 회-초밥화가 아니라 회-초밥의 예술화, 혹은 그 둘 사이 절묘한 균형 혹은 역전, 지느러미를 이루는 나이프, 비늘을 이루는, 숟가락 눈, 그리고 고생대 동물을 연상시키는 포크 이빨…. 이쯤 되면 우리는 미술의 색깔과 형상으로 세계를 '우선' 변혁하려는 예술가 정신의 치열한 내화가 마침내 대중문화, 아니 대중 생활문화, 아니 일상의 영역을 의미심장하게, 근본적으로 파먹어 들어가는 예술 장면에 달하게 된다. 반면, '큰 스푼'과 '포크'는 질적이 아니고 양적이다. 이것은 종이부조 중 〈세한도〉가 어느 정도 공간을 심화하는 데 반해 9·11 테러를 다룬 〈아메리칸 드림 I, II〉가 '소재적 표면'에 머무는 것과 같다.

남한 매향리 공군 사격장에 흩어진 미 제국주의 포탄 껍질 고철 조각들로 만든 〈아메리카 남근(=포탄 탄두)〉 연작들은 물론 미국의 고철 조각으로 미제의 야만과 참상을 드러내지만, 내가 보기에 더 중요한 것은 어떤, 절묘한 '흩어짐의 여백'이다. 남근 조각상의 역사는 호모사피엔스 출현 이래 10만 년이 넘는다. 철기시대는 언제? 임옥상의 팔루스들은 인간 형태를 이루는 조각(piece)과 조각(sculpture) 사이 야릇한 공간으로 그 선사의 세월을 머금는다. 그리고 세월의 무게가 심오한 우스꽝스러움을 유발하면서 '반미反美'가 자칫 뜻할 수 있는 소재-주제주의를 문명 비판의 차원으로, 그리고 역시 인간 실존의 부파 Buffa 미학으로까지 끌어올리는 것이다. 이것은 아프리카의 토속성과 모더니티를 얼버무렸던 피카소와 사뭇 다른 방식이고, 더 실천적이면서 미학적인 방식이다. 아, 정말 기묘한 15만 년의 응축들. 그 응축이, 녹슨 고철이 발하는 전쟁 자체의 참혹한 헐벗음의 미학 자체를 유구한 희망과 전망력展亡力의 형상으로 전화한다. 반면 스테인리스(스푼)와 고철 (매향리 잔해물)을 합한 〈철의 꿈〉 연작은, 과감하지만 과도기적이고 아직 '절충적'에 머물고 있다. 물론 이런 방식으로도 그는 끝내 길을 열 것이지만.

그러나, 이번 전시회의 절정은 포탄 껍질들을 주축으로 만든 식탁, 식탁 의자, 티 테이블, 회의용 탁자와 의자 등 '최신식' 가구들이다. 길게 반쪽 난 공대지 미사일 탄두의 육중한 금속성이 예술가의 손길을 받아 세련되고 미려한 고전적 단아의, 목성木性을 발하고 급기야 검고, 검을수록 섹시한 고급 오디오 기기 '껍질'에 달하고(《회의용 탁자》), 옹근 박격포탄 껍질 네 개가 여자의 날씬한 다리보다 앙증맞은 균형을 상단 유리 속으로 내비친다 (《티 테이블》). 그렇다. 공간-응축의 미술이, 놀랍게도 포탄 껍질을 매개로, 시간-응축의 실내악에 달하는 순간이고, 포탄의 자본주의를, 놀랍게도 포탄 껍질을 매개로, 예술의 사회주의로 유인해내는 광경이다. 위 과정을 질적으로 종합한 결과인 이 작품들로 하여 우리는 "총칼을 녹여 보습을 만들자"는 사회주의적 구호의 구호주의를 극복할 수 있다.

202

꽁치, 철, 340x15x25cm, 매향리 폭탄 잔해물, 2001

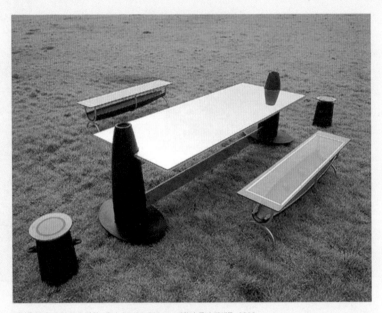

회의용 탁자, 알루미늄+강철+유리, 70x90x210cm, 매향리 폭탄 잔해물, 2002

티테이블, 강철+유리, 100x70x35cm, 매향리 폭탄 잔해물, 2002

아메리칸 드림 I, 종이부조, 237x136cm, 2002

The great American phallus 3, 철, 88x37cm,
매향리 폭탄 잔해물, 2001

뒤늦은, 잠시, 들여다봄 _ 화가와의 대화

대한민국은 아직 진정한 민주주의에 달하지 못한 나라고, 임옥상은 민주주의의 완성을 위한 사회 활동이 매우 왕성한 화가다. 그는 서울에서 미술대학과 대학원을 모두 마친 뒤 1984-86년 유일하게, 프랑스 앙굴렘 미술학교에 유학을 갔다.

"유학 기간 동안 한국에서는 민주화 물결이 서서히 일더니 전두환 군사정권의 탄압과 맞부딪치며 거대한 격변을 향해 눈덩이처럼 몸을 불리고 있었다. 나는 그런 현장에 없는 나 자신의 처지가 원망스러웠고 안타까웠고, 다시 돌아가 그 현장에 동참할 수 있다면 미술 따위는 집어치워도 좋다고 생각했다…."

하지만 그는, 말은 과격하지만, 천상 화가고, 본능적으로 화가다.

"언덕배기에 아름다운, 자그마한 옛날 성이 있고, 그 아래로 강이 흐르고 대평원이 일망무제로 펼쳐지는 곳, 담배공장 터를 개조한 앙굴렘 미술학교에서 〈아프리카 현대사〉(는 대작이다–필자 주)를 그렸다. 프랑스의 미술 전통은 물론 대단한 것이지만, 격동의 한국에서 온 내가 뭔가 보여줘야겠다는 생각이 컸다. 다른 학생들이 처음에는 이상하게 보았지만, 점차 고개를 끄덕이더니 강렬한 매력마저 느끼는 듯했다. 그랬을 것이다. 현대미술의 탈출구를 구성–기법의 문제로 해결하려 애쓰다가 제3세계적 내용에, 그리고 내용이 낳는 형식의 힘에 압도되었을 테니까…."

〈아프리카 현대사〉는 프랑스 국가심사위원단의 합격 판정을 받았고 훗날 미국으로 옮겨져 전시되었는데 전시를 유치한 큐레이턴가 평론간가가 대충 이렇게 썼던 것이 기억난다. 제3세계 화가들은 서방 전시회장에 진출하기 위해 '사회참여'를 소재로 택하는 경우가 많은데 임옥상의 〈아프리카 현대사〉는 다르다. 이 작품은 아프리카 현대사를 다루고 있지만 소재주의를 뛰어넘는 형식미를 갖추고 있다….

어쨌거나, 천상 화가라…. 나는 훌륭한 화가에게는 반드시 세상을 미술적으로 전유한 최초 기억이 광경으로 남아 있다고 믿는다. 눈에 비친 어떤 광경이 응축된 '광경=이야기'로 전화하는 그 과정이 내내 기분 좋게 느껴지던, 앞으로도 영영 그럴 것 같은 기억이.

"6·25 전쟁, 그리고 가족에 대한 기억이다. 누군가 사산했다는 얘기가 있었고, 나는 병에 걸렸다는 환상에, 그리고 아픈 게 참 멋있다는 생각도…. 겁이 많고 착하고, 왕눈이고, 어둠과 미지의 것에 대한 호기심과 두려움, 그리고 공포가 엇갈렸던 것 같고…."

여기서 일단 끊자. 왜냐면 나는 '광경=이야기'를 듣고 싶지, 소설 이야기를 듣자는 게 아니다. 그리고 '전쟁,' '가족,' '사산'의 광경, 혹은 광경화가 그의 회화 〈보리밭〉과 걸작 종이부조 및 〈매향리〉 연작의 광경(화)에 이르는 '광경=이야기'는 소설 이야기보다 흥미롭고, 미술적이라 더욱 흥미롭다. 그리고, "'미지'에 대한 호기심과 두려움, 그리고 공포"에 이르면 그의 작품들이 품은 '광경=이야기=미학'은 역사적이면서 역사의 심화-역동화로서 '예술=존재'적 보편에 달한다. 미술에서 일상과 모뉴멘털리티가, 공존과 상생, 그리고 상호 상승을 넘어, 동전의 양면으로 되는 순간이다. 자, 얘기를 계속 듣자. 풍경은 어떻게 광경화하는가.

"국민학교가 백마강 상류 언덕배기에 있었고 언덕배기 아래로 백마강이 흘렀다. 3킬로미터를 산길로 돌아 통학을 했는데 계절별로 산하가 바뀌는 것이 분명했다. 1학년 때 소풍 갔던 기억은 선명하다. 4월이라, 갈아엎은 논밭에 아지랑이 피고 폭격을 맞아 나무들의 키는 낮았지만 파릇파릇 새순이 돋고 있었다…."

자연의 봄이 전쟁의 상처를 이기는, 이슬 참신하고 습지가 질펀한 '땅=생명'의 광경은, 그러나, 역동하는 생명 속에 잠복한 죽음을 절망하는 연극 대사로 이어진다.

"5월의 동산은 무수히 달리는 사슴의 무리처럼 건강하고…. 엘베 강의 시체들은…."

이 대사가 등장하는, 2차 세계대전 후 독일로 돌아온 패잔병의 소외감과 절망을 적나라하게 그린 볼프강 보르헤르트의 「문밖에서」는 주인공 베크만의 이런 절규로 끝난다.

긍정하는 자, 그대는 지금 어디 있는가? 대답하라! 네가 필요하다, 대답하는 자! 도대체 그대는 어디 있는가? 갑자기 사라졌구나! 그대는 어디 있는가, 내게 죽음을 허락하지 않은 그대는 어디 있는가! 스스로 신을 칭하던 그 노인네는 어디 있는가?
도대체 왜 그는 말이 없는가!
하지만 대답을!
도대체 왜 그들은 침묵하는가? 왜?
그러면 아무 대답도 없는가?
아무 대답도???
그러면 아무런, 아무 대답도???

대학시절 연극에 심취했고, 유능한 배우였던 그가, 더군다나 암울한 박정희 유신독재 시절 위의 비관적 절규에 빠지지 않은 것은, 훗날 어느 분야와 접촉하더라도 그럴 것이듯, 연극의 소재를 미술화하지 않고 오히려 연극미학을 자기 미술의 뼈대 혹은 동력으로 삼았기 때문이다. 왜냐면 연극미학이야말로 가장 구축적이고 육체적이며 낙관적이다. 그리고, 아직까지도 임옥상의 작품 속에는, 아무리 작고 고요한 것이라도 역동적이되, 역동이 고전적인 연극의 몸이 구현되어 있다. 그 점은 그가 한국의 1970년대를 화가 초년생으로

겪으며 갈수록 '현실 참여적'으로 되면서도 '민중=소재' 주의에 빠지지 않고 오히려 '민
중=내용'에 걸맞은 형식을 창조할 수 있었던 기반일 것이다.

"대학원 논문을 쓰기 위해 이 책 저 책을 읽기 전까지만 해도 나는 현대병에라도 걸린 듯
새로운 형식에 대한 실험에만 몰두했다. 그러나 이 새로운 형식이라는 것은 결국 국적도
개성도 없는 남의 것이었다. 처음부터 다시 시작해야 한다…. 추상적인 작품은 그리지
않겠다고 결심했다…. 우리의 역사와 현실을 그려야 하며, 우리의 전통과 단절되어서는
안 되리라…."

그런 생각을 공유하고 실천하기 위해 그가 만든 것이 '십이월 전'이다. 그리고, 1950년
6·25전쟁 이후 최초의 체제 비판 미술운동이라 할 '현실과 발언'(약칭 '현발')이 박정희
대통령 피살 직전, 그러니까 유신 체제가 극에 달한 1979년 10월에 창립되는데, 그는 창
립에 주도적인 역할을 했다.

"'현발' 전에는 사회 비판을 하더라도 상징성을 유지했는데, 그 후에는 더 구체적으로 되
어갔다. 사회와의 의사소통을 그림의 가장 중요한 역할로 생각했고, 미술 외적인 활동이
많아지기도 했다. 아니, 더 정확히 말하면, 나는 사람들, 다른 화가들과 어울리는 것이 그
렇게 신이 났다. 만남, 조직, 이런 말이 좋았다. 아니, 김용태, 주재환 형, 그리고 민정기,
강요배 등과 어울리며 딴따라 기질을 발하고 즐기고 누리고 그러는 것이 마구 좋았다…."

그의 '딴따라 기질'(이것은 '연극미학'을 순 우리말로 바꾼 것 아닐까?)은 그 후 20년 동안 줄곧
이어지며 활동 분야(그는 말 그대로, 환경운동과 남북통일운동, 그리고 세계평화운동 전반을 아우른
다)와 작품 세계를, 그리고 그 둘의 변증법을 심화시켜왔다. 그리고 특히 노무현 대통령
시대를 맞아, '활동'은 굵직굵직한 공공미술 사업으로 다시 한번 종합-응축될 것이다. 사
실, 공공미술에 대한 그의 집념은 각별하며 오래 전부터 다양한 성과를 내왔다. 광화문

지하철, 생산기술연구원, 일본군위안부 역사관, 담배인삼공사, 전라남도 영암 구림마을, 경기도 화성 매향리, 수원 월드컵 경기장 등에 공공미술을 설치했고, 1999년 이후 매주 인사동과 여의도 공원 등지에서 대중미술 프로그램 '당신도 예술가'를 실천해왔다. 이런 그의 창작 능력과 프로그램 실행력이 좀 더 창의적이고 총체적인 인격의 발현을 교육 이념으로 삼는 노무현 정부의 정책과 만난다면 공공미술의 질은 한 단계 더 높아지고 공공미술의 역할 또한 그럴 것이다.

그가 이제까지 즐겨 다룬 소재는 흙과 종이, 그리고 철이다. 각각에 대해 그는 어떤 (예술/미술)감을 갖고 있을까.

"흙은 부드럽고, 안기는 느낌이지. 편안하고, 촉감과 직결되고, 우리 몸과 접촉 면적이 제일 넓고…. 모든 것을 수용한다는 점이 참 좋아. 종이는 흙과 유기적 연관이 있지. 정제된 흙이랄까…. 흰색 혹은 미색과 연관이 있고, 범위가 제한적이지만 또 그래서 매력이 있고…. 철은 매향리가 아니면 만나지 못했을 거야. 학교 다닐 때 조소과 애들이 산소 불 다루는 것을 보면 뜨겁고 놀랍고 무섭고 그랬거든…. 하지만 바로 그랬기 때문에 철과의 만남은 필연적이고 운명적인 게 아닌가 싶어…. 지금은 철기시대 이후 전략을 생각 중이지만…."

철은, 그가 모더니즘을, 과거가 아니라 미래의, 사실주의를 포괄하는 모더니즘을 지향한다는 뜻 아닐까?

"그럴지도 모르지. 그걸 모더니즘이라 명명할 필요는 없지만…. 어쨌거나, 새로운 것을 추구하는 것 또한 나의 기질이고 또 운명이라는 생각이 들어…. 늘 절망지만, 늘 추구하는 기질이자 운명…."

흙과 종이, 그리고 철에 대한 그의 (예술/미술)감을 섞으면 임옥상 생애의 미술적 '광경화=이야기'는 또 얼마나 (소설보다) 흥미로운가. 공포를 극복하는 '일상=모뉴멘털리티'의 공공 미술에 이르기까지.

분탄

I
석탄 먼지, 라기보다는 석탄 빻은 무거운 가루를
그 화물트럭사내 열린 자루에 담아 끌어다
구석에 치워두곤 했다,

뚱한 더미
하지만 삽한테는 부드러운, 선뜻 부응하는
달그락대는 석탄들은 그렇지 않지 .

생이 비오는 시절에 대비했던 시절
그것은 거기 놓여 있었다, 폭삭 주저 않아 기다렸다
둔화하고 연장시킬 날

불을 말이다, 재물의 신 맘몬을 저지하는,
그리고 그 나름으로는
불꽃을 품은 자.

II

그것이 내게 내는 소리

더

그 어떤 알레고리보다 더.

Slack schock.

Scuttle scuffle.

Shak-shak.*

그리고 그 말 –

"불을 예금하라" –

조각마다 견고하기

타다남은 재 두개골 같았다

그 타르질

산호가 식으면 형성되는.

* 분탄 싸구려. / 석탄통 실랑이. / 샥-샥.

Ⅲ
바깥 빗 속에,
그걸 가져오라고 보내져
다시
선다 불켜진
석탄 저장고 문에
그리고 받아들인다

그것의 보라색 농익은 부패를,
그것의 젖은 모래 무게를,
기억한다 그것이

귀띔하고 질펀하게 만든 것은
카타르시스였다
자루로부터의.

전위, 판넬 위에 책+아크릴릭, 62x36cm, 1999

산수 II, 화선지에 먹+유채, 128x64cm, 1976

신문, 캔버스에 신문 콜라쥬+유채, 300x138cm, 1980

색종이, 유채+아크릴릭, 246x111cm, 1980

목포, 캔버스에 아크릴릭, 69.5x77cm, 1991

북한산, 유채, 240x139cm, 1992

모두 하나다, 캔버스와 한지 위에 먹, 162x113cm, 2009

나무아미타불, 유채, 240x330cm, 2010

아프리카 현대사 1부, 유채, 2,000x150cm, 1985-1986

아프리카 현대사2부, 유채, 2,000x150cm, 1986-1988

아프리카 현대사 3부, 유채, 1,000x150cm, 1988

원죄적 육체, 불온한 상상력전 설치, 1988

1995년의 한국 육체의 기록 포스터 ― 5·18, 미군, 분단, 돈, 삼풍, 국가, 광주 비엔날레, 1995

3당합당 기념촬영, 컴퓨터 그래픽, 90x50cm, 1991

3김 게임, 1995년 광주 비엔날레 출품 미수작, 1995

문민시리즈 I, 유채, 61x45cm, 1997

시화호, 아크릴릭, 72x53cm, 1997

청와대, 캔버스에 아크릴릭, 61x45cm, 1997

여운형 걸개그림, 천 위에 아크릴릭, 700x300cm, 1996

작은 감옥, 큰 감옥, 서대문형무소에 설치, 1999

역사야 놀자 내부 및 외부, 지하철 7호선 설치, 2000

사랑, 동판, 180x180cm, 1997

손, 동판, 30x50cm, 1997

손, 동판, 50x42cm, 1998

생명의 일곱 기둥, 생산기술연구원 정원 설치, 1997

세월, 흙+돌+감나무, 지름 600X높이 180cm, 전남 영암군 구림마을, 2000

역사와 의식, 황토, 550x320cm, 2000

여강여목, 요채, 219x166cm, 2010

공공건물은 물론 공공건축이란 말도 엄연히 따로 있으니 공공미술이란 퍼포먼스를 뒤집은 것 아닐는지. 순간-일회성을 영구화하는 뒤집음, 몸의 개인주의를 정치적 민주주의로 전화하는 뒤집음까지 포함한다면 말이다. 향유만을 따진다면 사실 복제가 가능한 인쇄의 출발부터 공공미술은 시작되었고 오늘날 인터넷 소셜 네트워크는 공공미술의 터전이자 목표에 다름 아니다. 보이는 것뿐 아니라 장차 직접 겪는 공공미술까지도. 하여 오늘날 공공미술에서 중요한 것은 확산 못지않게 응집을 통한 질이며 이 화가의 공공미술은 사실 처음부터 겉보기의 확산 욕망(흔히 일욕심이라고 불리는)보다 질을 높이기 위한 응집에 더 무게를 두었고, 앞으로 갈수록, 그렇게 될밖에 없을 거라고 나는 생각한다.

공공미술은 분명 의뢰나 주문을 받거나 공모에 당선되어 맡게 되는 작업이지만 이 화가는 어떤 것을 맡든 총체를 심화하는 동시에 부분을 총체화하는, 대표적인, 응집의 공공미술가인 것이다. 그렇게 되어올 수 있었던 과정은 참으로 지난했고, 지금도 의뢰를 뺀 나머지, 즉 주문 제작과 공모 제작에서 공공미술가가 겪는 수모와 고통은, 그의 응집이 탁월하면 할수록 더욱, 상상을 초월하는 것임에도 불구하고, 그 점이 심지어 소위 민주(화) 정권에서조차 크게 달라진 바 없음에도 불구하고 그의 〈책 테마파크〉는 책을 매개로 한 세계 총체화를 겨냥하고 그의 〈전태일거리〉는 전태일 생애의 거리화, 더 나아가 보통명사화를 지향하며 그의 기념물이 일상 자체의 모뉴멘털리티를 세우고 놀이와 환경을 주제로 한 그의 시설 혹은 설치물들이 인간의 동심은 물론 인간 너머 및 인간 이외, 그리고 인간 이하까지 포괄하는 세계로 들어가는 통로를 뚫고 통틀어, 그의 설치 행위(동사)가 세상을 바꾸거나 홈치는 눈(명사)에 달한다.

전위, 판넬 위에 책+아크릴릭, 62x36cm, 1999

새 천 년 직전 제작된 〈전위〉에 대해 화가는 이렇게 쓰고 있다. "내가 자식들에게 남길 유산은 진정 무엇인가? 자유, 평등, 사회 정의, 성실, 책임, 인내, 절제, 금욕, 평형, 평화, 평화, 항상성 …." 하지만 우선, 그 전사부터, 한꺼번에.

산수 II, 화선지에 먹+유채, 128x64cm, 1976

저런 비도덕저이고 터무니없고 폭력적이며 선정적인 상업 광고
들. 이 불감증, 이 탐욕, 이 안하무인!…신문은 그때나 이때나
코 풀고, 밑 닦고, 도시락 싸는 종이일 따름이다…아아 모두 함
께 부는 새 시대의 나발들…. 난무하는 정치 선전물, 그리고 민
중들의 삶. 정치는 협잡이요, 속임수요, 거래요, 혹세무민이다
…우리의 산은 안보로 가장 많이 희생되었다. 철조망, 참호, 미
사일 기지…아직도 자신이 사람인 줄 믿고 있는 자들…, '3김
은 살아 있다.' 서로 똥을 많이 먹기 위해 난리 치지만 똥이 사
라지는 날…나는 3김의 싸움터를 시화호로 옮겨주었다. 썩은
물 속에서 실컷 살아보라고…. 그리고, 그러다가 물경 2010년
〈모두 하나다〉는 이상하고 괴상한 채로, 참으로 오랜만에 대동
세상이지만, 아니나 다를까 〈나무아미타불〉….

예술가처럼 반복을 싫어하는 존재가 또 있을까. 하지만 참을 수
없는 일들이 수십 년 반복되고 예술가는 반복하지 않으려고 기
를 쓰지만 세상은 반복에 그악을 섞으며 기어코 그를 반복시키
고야 만다. 이런 지겨움을 화가는, 아니 우리는 어떻게 견딜 수
있었을까? 이 화가가 이런 반복의 지겨움을 습관화하여 '씹을
게 없으면 심심한' 병적인 상태에 빠지지 않고, 그러니까 말의
진정한 의미에서 시대에 굴복하지 않고, 예술의 예술성으로 버
텨내고 급기야 극복하면서 오히려 공공미술의 건강하고 탄탄한
토대로 전화했다는 점은 한국의 공공미술뿐 아니라 미술 전체
에, 그리고 민주주의에 하나의 축복으로 된다.

신문, 캔버스에 신문 콜라쥬 + 유채, 300x138cm, 1980

색종이, 유채+아크릴릭, 246x111cm, 1980

목포, 캔버스에 아크릴릭, 69.5 x77cm, 1991

북한산, 유채, 240x139cm, 1992

3당합당 기념촬영, 컴퓨터 그래픽, 90x50cm, 1991

3김 게임, 1995년 광주 비엔날레 출품 미수작, 1995

문민 시리즈 I, 유채, 61x45cm, 1997

시화호, 아크릴릭, 72x53cm, 1997

오늘 CO, 역사시대의 문민 꽃밭. '96 한배나 방울산대구~

청와대, 캔버스에 아크릴릭, 61x45cm, 1997

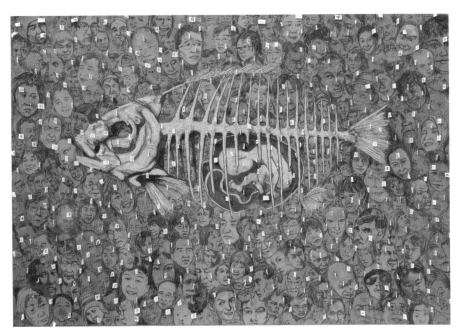

모두 하나다, 캔버스와 한지 위에 먹, 162x113cm, 2009

나무아미타불, 유채, 240x330cm, 2010

아프리카 현대사 1부, 유채, 2,000x150cm, 1985-1986

제1부는 아프리카 대륙, 제2부는 서구 사회에서의 아프리카인, 제3부는 세계 속의 아프리카인의 모습이다. 이 참으로 거대한 3부작이 그 양적 규모에 필적하는 구도를 갖추었다고 보기는 힘들다. 그게 어떻게 가능하겠는가. 그러니 화가는, 화가도, '역사화,' '두루마리,' '벽화'란 말을 쓰다가 '두루마리는 움직

이는 벽'이며 이 작품은 '영화를 한 장의 그림으로 바꿔놓았다'고 해도 과장이 아니라고 했다.

내가 보기에 이 작품의 가장 중요한 점은 그것을 그린 화가에게, 자본주의의 세계사적 모순을 극명히 보여주면서도 자신의 서양화 기법에 스스로 주눅 들지 않는 동시에 '수난자'를 객체화, 모종의 '미학적 거리'를 유지할 수 있는 참으로 거대하고 기나긴 기회였다는 점이다. 이 기회는 다시 참으로 드물게 열혈인 이 화가가 모국으로 돌아와 시대의 불의와 모순에 정말 열혈적으로 반응하면서도, 그리고 모국의 미학 전통에 깊이 심취하면서도 끝내 민족주의 혹은 토속주의 미학에 마구 휩쓸리지 않게끔, 명분과 미학을 혼동하지 않게끔, 아주 오랫동안, 최소한

아프리카 현대사 2부, 유채, 2,000x150cm, 1986-1988

아프리카 현대사 3부, 유채, 1,000x150cm, 1988

이 화가가 자신만의 독특한 미학의 뼈대를 세울 때까지는 '중심을' 버텨주게 한다. 그의 당대 소위 민중예술의 생애를 꽤나 오랫동안 걸을 수 밖에 없었을 그의 선배와 동료 그리고 후배 화가 중 이런 보루의 축복을 누린 사람 내가 보기에 그가 유일하고, 다른 분야로는 문학평론가 백낙청 정도일 것이다.

촬영, 유채, 180x140cm, 1989

김용택 시인의 섬진강에 카메라를 들고 나타난 미국인…, 그런 설명을 화가는 이 작품에 달았다. 이 작품에서 가장 중요한 것은, 내가 보기에, 어떤 정면성이다. 도전성이 아니라, 정면성. 너무 정면이라 차라리 적나라에 가까운 정면성. 햄릿은 난해한 세상을 정면 돌파하기 위해 시니시즘과 광기를 휘두르고 내뿜고 스스로 그것에 말려들었지만 이 작품의, 정면성, 역삼각형 구도 자연의 서슬푸름이 그 뒤를 받쳐주는 그것은 일체의 풍자를 허용하지 않는다. 모종의 경악의 형식. 〈땅 IV〉(1980)에서 가위눌림의 형식이자 내용이었던 그 경악의 역사적이고 사회적인 내용의 역사적이고 사회적인 형식을 허용할 뿐. 그리고 그 허용은, 역설적이게도, 역사와 사회에 고통받는 예술가의, 예술의, 예술적인 숨쉬기에 다름 아니다.

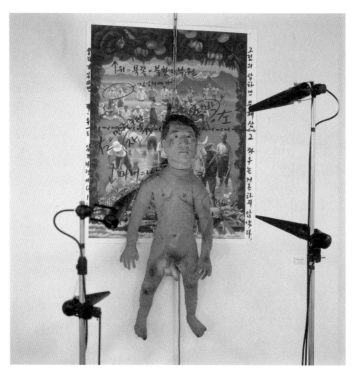

원죄적 육체, 불온한 상상력전 설치, 1988

'1988년 육체'는 국민의 정부 시절 '대법원으로부터 신학철 형의 〈모내기〉가 유죄 판결을 받'은 '이러한 풍토에서 무슨 놈의 창작이 가능할까' 하는 '너무나 슬프고 참담한', 그러나 '코미디'를 맞아 구상한 '신학철의 〈모내기〉 패러디'이다. 구상이라 했지만, 사진만 보더라도 이 작품은 이 화가가 달한 최악의 자해 상태라 할 만하다. 내레이션, 스포트라이트, '음경이 상하로 빠르게 움직임' 등 작품의 '작동'은 그 상태를 더욱 악화하고, 자신의 자해 상태를 충분히 인식한 화가는 이렇게 쓰고 있다. 풍뎅이를 잡아 다리를 뜯고 목을 비틀며 놀기…. 권력을 가진 자들은 '목 뒤틀린 풍뎅이'를 만들어내면서도 아무런 가책을 느끼지 못한다…. 그러나, 이 화가가 누구인가. '1995년 육체'는 이미 응집의 극에 달하여 몸과 정신의 자유의 합으로 한국 사회 주요 모순과 사건과 개념을 통째 담아내는 그릇 역할을 자처하고 너끈히 해내는 동시에, 인터랙티브의 가장 직접적인 상호 교류인 터치스크린을 활용, 이렇게까지 말할 수 있게 된다. 내 얼굴은 손이 닿는 순간 수십만 가지로 즉각 변하였다. 육신은 홍당무요, 풍선이요, 꽃이요, 흙이요, 나무요, 컴퓨터 칩이요, 콘돔이요, 마스크요, 파란 눈이요, 돌멩이다…. 그리고,

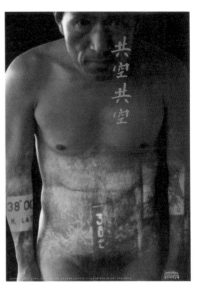

1995년의 한국 육체의 기록 포스터 -- 5·18, 광주 비엔날레, 1995

1995년의 한국 육체의 기록 포스터 --분단, 광주 비엔날레, 1995

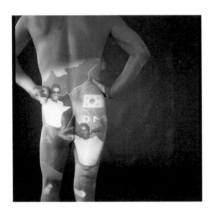

1995년의 한국 육체의 기록 포스터 -- 미군, 광주 비엔날레, 1995

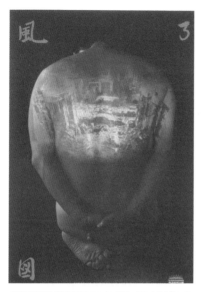

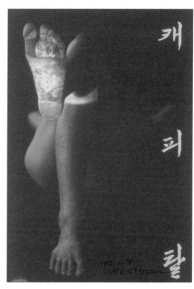

1995년의 한국 육체의 기록 포스터 ─ 삼풍, 광주 비엔날레, 1995

1995년의 한국 육체의 기록 포스터 ─ 돈, 광주 비엔날레, 1995

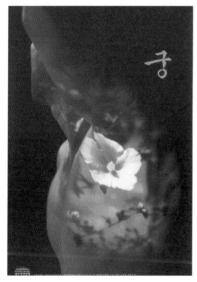

1995년의 한국 육체의 기록 포스터 ─ 국가, 광주 비엔날레, 1995

여운형 걸개그림, 천 위에 아크릴릭, 700x300cm, 1996

역사적 의미는 크지만 사회적 필요가 고만고만한 의뢰와 주문이 예술적 의미가 있으나 사회적 반향이 반짝하다가 결국 고만고만해졌던 작업을 낳는 와중.

작은 감옥, 큰 감옥, 서대문형무소에 설치, 1999

역사야 놀자 내부 및 외부, 지하철 7호선 설치, 2000

사랑, 동판, 180x180cm, 1997

그 와중 정신대 할머니들을 위한 작업이 그에게는 분명 가장 보람찬 일 가운데 하나였을 것이다. 〈사랑〉에 대해 화가는 이렇게 쓰고 있다. "정신대 할머니들에게서 나는 희망을 본다. 나는 할머니들에게 족두리를 씌워드렸다…." 이 작품은, 또한, 일체의 풍자를 허용치 않는, 참으로 비극적인 비극을 세월의 켜로 켜켜이 쌓아 끝내 비극적인 바로 그만큼 너그러움이 깊은 아름다움을 창출해낸 걸작이다. 이쯤 되면, 아니 이쯤 되어야 우리는 '민족적인 것이 세계적인 것이다'라고 비로소 말할 수 있다. '국제'와 '민족'을 뛰어넘는 '민족=국제'. 크고 검고 투박하고 칙칙한, 그러나 모양을 능가하는 모종의 '거대와 깊이'가 오히려 장식성을 강화하면서 검음, 투박함, 칙칙함을 뛰어넘는 동판 손 두 개는 〈사랑〉의 이면 혹은 과정 뒤집음. 서로 대비될 때 각 작품의 효과는 더욱 심화하고 대비될수록 심화한다. 1998년 동판 손에 대해 화가는 이렇게 썼다. "손, 내가 좋아하는 손. 지난한 삶의 흔적. 정신대 할머니의 손이다." 〈생명의 일곱 기둥〉은 이 작품들을 제작하며 느낀 즐거움을 다시 외화한 것으로 보아도 무방할 터.

생명의 일곱 기둥, 생산기술연구원 정원 설치, 1997

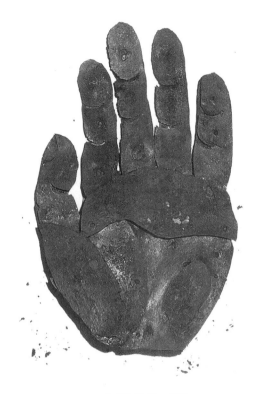

손. 동판, 30x50cm, 1997

세월, 흙＋돌＋감나무, 지름 600x높이 180cm, 전남 영암군 구림마을, 2000

그 와중 이 작품은 달콤한 휴식이었을 터. 스스로 얼마나 기분이 좋은지 '세월'은 제목이고 '흙+돌+감나무'는 재질이고 '지름 600x높이 180cm'는 크기고 '전남 영암군 구림마을'은 지명이고 장소고 '2000'은 연도고 때지만 모두 하나로, 기분좋은 세월로 기분 좋게 흘러가고 유구이자 유년으로 휘감긴다.

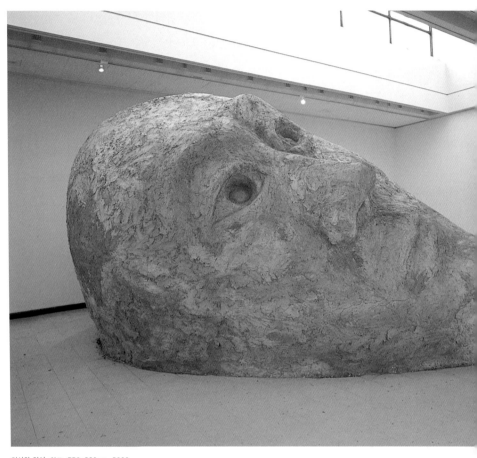

역사와 의식, 황토, 550x320cm, 2000

그 와중 〈역사와 의식〉은 〈광주는 끝나지 않았다〉의 연장이자 내화 심화고 웅덩이의 거대화에 이은 흙의 '이전 ↑ 이후'로서, 그리고 '이전 ↑ 이후'로써 거대화고, 2천년대를 향한 응집의 공공미술 선언이다. 화가는 이렇게 썼다. "흙만으로 빚은 거대한 두상을 만든다. 이것은 대지가 사람의 얼굴 형상으로 우리 앞에 현현한 것이다. 흙으로 보이는 것이 아니라 대지로 보여야 한다…." 거대는 인간 이상과 이외의 신성 혹은 자연성이 낯설지 않을 때까지 거대한 거대의 외화이자 내화, 그리고 '외화= 내화'다. 화가의 다소 길지만, 작품 이해에 꼭 필요한, 아니 작품의 일부인 작품 설명은 이렇다. "이 거대한 흙덩어리는 사람을 그 속으로 끌어들인다. 어둠, 익숙해진 어둠 속에서 우리는 작고 강한 두 개의 빛을 발견하게 된다. 누구의 명령도 없이 우린 계단을 타고 그 빛에 다다른다. 머리까지 빠져나갈 정도의 구멍을 통하여 우린 밖을 내다본다. 바로 자신이 조금 전에 보았던 세상을 낯설게 보게 될 것이다. 흙으로 만든 사람의 눈을 통하여 우리는 다시 세상을 본다. 거대한 신의 눈으로 세상과 조우한다. 아, 신의 소리가 들린다(숨소리, 딸꾹질 소리, 성애하는 소리 등을 들을 수 있게 한다). 뒤척인다. 숨을 쉰다. 콜록거리기도 하고 할딱거리기도 한다…." 즉, 거대는 인간의 위대보다 더 위대한 자연 혹은 신성의 거대다. 그리고, 그 10년 후 〈여강여목〉. 이것은 마침내 와중의 분노를 극복한 와중 자체의 정물화라고 할 만하다.

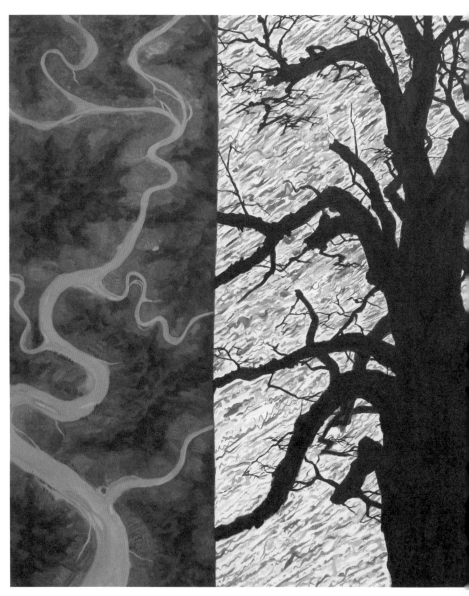

여강여목, 요채, 219x166cm, 2010

2005, 책 테마파크

이 화가가 건축가 승효상, 조경가 김인수, 시인 김정환과 함께 기획하고 경기도 성남시 분당구 율동공원에 조성한 이 '책, 세상의 배꼽' 공원은 모두 여덟 권으로 구성되어 있다. 〈바람의 책; 명명의 기적〉은 책을 뜻하는 각 나라의 언어들이 자음과 모음으로 분리된 채 대나무 숲과 어우러져 성스러운 말씀의 현장을 재현한다. 바람은 속도와 힘만 보이는 '내가 나를 능가하는' 자유다(10x6-7m, 나무+스테인리스). 〈시간의 책; 미로의 체계화〉는 미로를 닮은 책의 역사를 역동적인 '추상＝구상'으로 변주하는 "천지인 삼위일체, 인간의 대우주/세상의 모든 뜻, 자유와 평화/수학, 과학의 '언어＝방법'/인체, 과학과 예술의 만남/'문자＝예술'/만화, 일상이 된 풍자와 환상의 정치학/디자인, 세계 창조의 시작이자 끝/기호와 로고, 언어의 미술화와 미술의언어화/캐릭터와 채팅 언어, 미래라는 가벼움"의 아홉 장면으로 구성되어 있다(200x3.6m, 운천석). 〈한글의 책; 소리＝그림의 건축물〉은 훈민정음 판본과 필사본으로 꾸민, 상징 조형 벽화이다(17x4.85m, 코르텐 강). 〈공간의 책; 인터넷＝대화＝광장＝예술〉은 인터넷 공간을 대화 및 소통의 광장으로 만들고, 인터넷 정보＝사회가 생명을 닮아가며, 더 나아가 문화예술 시민사회를 닮아가게 하는 장이다. 〈하늘의 책; 블랙홀〉은 태고를 닮은 사색의 공연장으로 꾸며졌으며, 6백 년 전 우리 하나 하늘의 별자리를 체계화한 천상열차분야지도를 원형 바닥 돌판에 새겼다(29.4x495m, 콘크리트+오석). 〈음악의 책; 한 천년이 다른 천년에게〉는 자연과 어우러진 조각에서 묻어나는 음악의 광경이고(0.48x0.48x12m, 코르텐 강), 〈천자문 책; 신생神生〉은 신천자문을 새긴 오석 벤치 33개를 모아놓았고, 〈물의 책; 만파식적〉은 하늘과 사람, 바람, 나무…, 모든 것이 투영되는, 자연의, 거울로 꾸며졌다(6x6x0.4m, 철).

명문

'책, 세상의 배꼽' 공원은 카오스를 코스모스로, 코스모스를 더욱 질 높은 코스모스로 구현하는 신비와 설렘과 질문과 탐구의 미로가 문자 이전과 이후, 종이 이전과 이후, 그리고 책의 역사와 '책=-역사', 책의 미래와 '책=미래'를 책의 상상력과 '책=상상력'으로 펼치는 1단계 '미로의 길', 그 미로를 지나 다다른 책의 고향이자 자궁, 둥근 하늘 그릇이자 신비한 미래의 배꼽이며 모든 것의 처음이며 '신의 지문'들이 새겨진, 휴식을 명상의 몸으로 만들고 문득, 일상이 아름다워지는 거룩한 순간이자, 모성의 장인 2단계 '책=세상', 그리고 입구 바람의 책 '말의 마법 혹은 성스러운 말씀'을 지나, 1단계 '방方=미로'와 2단계 '원圓=광활'을 끊어질 듯 이으며 심화-확산하는 의미와 음악의 신경망 혹은 stop들, 즉 물의 책과 신천자문 돌벤치들, 음악 글 조각들, 그리고 상징-모뉴멘트 벽화 '인간의 전망'이 배치된 3단계 '책, 세상의 배꼽'으로 구성된다. 호기심과 상상력과 유희성이 미학적으로 어우러지는 가족 공간이자 평화와 삶의 질을 위한 의사소통의 자리이기를 우리는 바랐다.

바람의 책: 명명의 기적, 10x6-7m, 나무＋스테인레스

한글의 책: 소리＝그림의 건축물, 17x4.85m, 코르텐 강

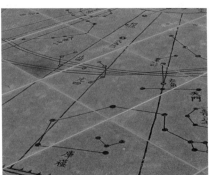

허늘의 책: 블랙홀, 29.4x4.95m, 콘크리트+오석

음악의 책: 한 천년이 다른 천년에게, 0.48x0.48x1.2m, 코르텐 강

천자문 책: 신생新生, 오석 벤치 33개

물의 책: 만파식적 , 6x6x0.4m, 철

2010, 전태일 거리, 기념

평화시장 앞 오관수교에서부터 나래교 사이 청계천변 보도에 조성된 전태일 거리는 한 노동자의 육신을 태우던 불의 기억(특수)을 일상의 현재로 보편-심화하는 장소고 장이고 세계고 세상이다. 〈전태일 흉상〉(알루미늄 주물, 145x72x212cm)은 기념의 일상에 걸맞을 바로 그만큼만 주변 인물보다 크고, 바로 그만큼만 주변 환경보다 낯설고, 알루미늄-회색인, 〈대지—어머니〉를 남성-도시화하는 동시에 이후화한 걸작이며, 김영삼, 김대중, 노무현 대통령 등 정치인과 사회 저명인사들을 포함한 시민 3만 명의 이름과 사연이 친필로 새겨진 (황)동판 6천여 개는 기념의 일상 너머 참여민주주의 예술=미래 그 자체를 예감시킨다.

명판 글

전태일 거리는 1970년 11월 13일 "우리는 기계가 아니다!" "근로기준법을 준수하라!" 외치며 분신한 청계천 평화시장 재단사 전태일이 노동자의 전태일로, 전 국민의 전태일로, 끔찍한 고유명사에서 아름다운 보통명사로, 평화 진보를 위한, 지고지순한 사랑의 명명으로 변해온 과정과 결과를, 그것에 동참한 모든 이들의 감동 및 바람과 함께 표현하려 애썼다. 동상은 전태일 생애와 죽음의, 물과 불의, 사랑과 분노의 변증법을 응축했다. 전태일 노동의 두 손이 물화物化하는 것은 하늘과 땅의 기운이며, 전태일 노동의 두 다리야말로 세상의 다리(橋)에 다름 아니다. 4천 장의 동판과 판석에 전태일의 육성, 전태일과 함께했던 이들과 앞으로 전태일의 이름을 더욱 아름답 게 만들 신세대들의 글을 새겨 전태일의 바람이 미래 전망으로 이어지는 길을 구현하려 했다. 고대문자 '전태일'('완전하고 큰 하나')은 노동이야말로 문명의 전망이라는 뜻이다. 우리가 기억하는 전태일 생애의 여러 모습과 어우러지는, 역사와 일상의 변증법을 되새기고자 했다. 전태일의 의미가 그렇듯, 전태일 거리도 미래를 향해 심화, 확산, 일상화할 것이다. 그 믿음과 결의도 여기에 새겨둔다.

전태일 흉상, 알루미늄 주물, 145x72x212cm, 2005

흥상 글

물, H.O. 아름다운 것을 보았느냐고요. 네 보았습니다. 아름다움의 극치를 보았습니다…그게 또 무슨 소리냐? 잡혀간단 말이냐? 아니면 네가 죽기라도 한단 말이냐?…이 결단을 두고 얼마나 오랜 시간을 망설이고 괴로워했던가? 지금 이 시간 완전에 가까운 결단을 내렸다. 나는 돌아가야 한다…어머니, 저를 원망하십니까?…너를 이해한다, 어찌 원망하겠니…걱정 마라. 내 목숨이 붙어 있는 한, 내가 너의 뜻을 이룰 테니…어머니…배가…고파요…자네들…명심하게…내 죽음을 헛되이 하지 말라…

전태일. 그는 노동을 위해 그리고, 사랑을 위해 이곳 평화시장으로 돌아왔다. 그는 우리 모두를 변화시켰다. 그가 죽은 것이 아니다. 사회의, 우리 안의 죽음을 그가 태워 버린 것이다. 그의 삶으로 피비린 눈물과 찬란한 전망의 비극적인 관계가 극복되었다. 그의 불꽃으로 가장 촉촉한 눈물이 태어났다. 그의 죽음으로 가장 위대한 노동이 태어났다. 그의 사랑으로 가장 실천적인 지도력이 태어났다. 그의 귀환으로, 가장 아름다운 미래 전망이 태어났다. 그의 삶과 죽음은, 생각할수록, 희망의 규모를 거대하게 하고 아름답게 한다. 그의 빈자리는 검고, 그의 자리는 빛난다. 전태일. 그의 이름은 희망이다.

신십장생도, 한지종이부조위에 황토, 300×100cm, 2004

전통 자체의, 그리고 종이부조 장르 자체의 '기념=공공미술'
화, 그리고 '화化=화畵'.

말씀의 기둥: 문익환 목사 잠꼬대 아닌 잠꼬대 시비, 스틸크롬 도금과 오석, 180×240×184cm, 2008

시의 글자들이 일어서고 나부끼고 심지어 활활 타오를 망정 검은 기단, 문익환 목사 약력과 시비 건립에 참가한 개인 1,371명, 단체 49개 이름을 새긴 검은 기단의 위엄이 그 모든 것을 단아화하는 걸작. 호치민 기념관이 그렇던가. 단아한 권위에서 끝나지 않고 권위의 단아, 권위란 원래 단아한 것이라는 전언에 달하는. 종이부조 〈하나됨을 위하여〉의 문제를 온전하게 극복한.

생활의 발견, 코르텐강과 발광 다이오드, 30x3m, 2009

공공미술은 생활의 발견이다…겸재 정선 기념관 진입로 벽에 그려진, 겸재 정선이 양천 현령으로 재직하던 당시 작품들과 2009년 강서의 모습들을 재해석한 '신겸재진경산수화…'. 구호와 아이디어 모두 그럴 수 없게 절묘했으나 이 벽화가 규모에 걸맞은 깊이를 갖추었다고 보기는 힘들다. 아니 도대체, 겸재 진경의 '진경이므로 역동이 심화하는' 산수가 이만한 규모로는 아마도 도무지 불가능하다고 봐야겠다. 하여, 두〈생활의 발견〉은 걸작. 정말 생활의 잡다한 물건들이 재구성되면서 '전통을 능가하는 전통미'에 달하고 그것이야말로 '생활의 발견+공공미술'이 새롭게 창조하는, 그 어려운 '전통의 이후'일 터.

겸재 생활의 발견 I, 유채와 혼합 재료, 225x180cm, 2010

겸재 생활의 발견 II, 유채와 혼합 재료, 225x180cm, 2010

추사 김정희 반신상, 철, 120x80x190cm, 2010

〈세한도〉가 단순한 패러디일 리는 없다는 생각이야 그림을 접하자마자 들 것이지만, 〈추사 김정희, 반신상〉을 접하면 그 바탕색의 연속의 위력에 놀라지 않기 힘들다. 이 반신상의 색과 모양은 역사성을 발하는 동시에 숨을 고르고 그 숨고름은 재질 전체를 동으로 다시 옥으로 느껴지게 만들면서도 흐트러지기는커녕 오히려 깊어진다. 범상과 역사의 상투를 아주 약간만 벗으면서 그 '약간만'에 실로 '역사를 능가하는 역사,' '일상을 능가하는 일상'의 깊이를 부여하는 이런 반신상을 여태껏 나는 본적이 없다. 소비에트가 망한 이유 가운데 하나는 종교를 대체한다는 명분으로 동네마다 양산을 권했던 그 숱한 기념상, 즉 공공미술의 그것들 가운데 이 정도 깊이를 갖춘 작품이 하나도 없다는 데서도 찾을 수 있을 것이다.

세한도, 종이＋흙, 212×79cm, 제주도 서귀포시 추사 김정희 기념관, 2005

歲寒圖
阮堂老人

세월로는 아나 없이
우왕은 말 바
그때 여명 하

결국 내가 혁명이다, 노란 리본과 페인트 등, 500×300cm, 2010

노무현 전 대통령의 추모 리본을 모아 그의 상을 만들었다. 그리고 그의 얼굴에 검정 페인트를 발라 상을 지웠다. 그 다음 소금과 숯을 뿌리고 황토를 입혔다. 쌀, 보리, 콩, 팥 등 곡물을 씨뿌리듯 심었다. 마지막으로 흙을 덮었다. 싹이 나기를 빌며….

그렇게 해서 나는 싹은 추억 말고 무슨 의미일까?

사람사는 세상: 노무현 묘역 박석, 경상남도 김해시 진영읍 본산리 봉하마을 1305.6m² 부지, 2010

그러나 〈사람사는 세상: 노무현 묘역 박석〉은, 어떤 죽음은, 설령 세상을 버리는 자살일지라도, 세상의 미래를 위한 아름다운 디자인으로 전화할 수 있다는 것, 말의 가장 복잡한 의미에서 희망을 형상화한다. 그리고 이 〈박석〉에서 특히, 형상화는 미래화다.박석은 '얇고 넓적한' 돌. 뜻 풀이에 래을 두개나 거느리는 단어다.

'놀이＝환경＝세계'

유년의 놀이란 환경 그 자체고, 무장애 그 자체다. 유년의 놀이는 자연과 더불어 겪는 데서 더 나아가, 근본적으로 동물이나 식물이 되는 존재 이전 혹은 변태까지 가보는 생체실험 놀이이기도 하다. 거인의 나라를 상상하는 놀이는 쉽고 거인을 체험하는, 그것도 하늘 속으로 들어가는 체험으로 체험하는 놀이는 쉽지 않지만, 더 놀이적이고 정말 놀이적인 것은 후자다. 그리고 놀이와 환경이 겹칠수록 '놀이＝환경'은 세계 자체에 다름 아니다. 그래서 그런가. 환경 문제를 주제로 한 이 화가의 공공미술은 아주 천진난만하다. 그리고, 천진난만 또한 일체의 풍자를 허락하지 않는다. 비극보다 더 근본적이고 적극적으로, 그리고 외적 내적 동시적으로. 이런 점들 또한 이 화가를 이 땅의 여타 공공미술가와 확연하게 구분짓는 중요한 특징이다.

상상, **거인의 나라**, 서울숲 무장애 놀이터, 2006

나는 까치, 시흥시 신천동 826-1번지 예술 놀이터, 2006

환경위기시계, 스테인레스 강·강화 유리＋발광 다이오드, 300x320cm, 롯데 본점 사롯데 스트리트 가든, 2006

STOP CO$_2$, 스테인레스, 850x150x15cm, 시청 앞 광장, 2007

빙글빙글 자전거, 자전거 7대, 코엑스 친환경 상품 전시회, 2007

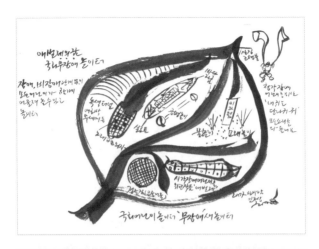

애벌레의 꿈 스케치/조감도, 국회 무장애 놀이터, 2008

애벌레의 꿈, 국회 무장애 놀이터, 2008

에그버그, 스테인레스 강, 640x400 x400cm

퍼니큐브, 화학 처리한 나무＋스테인레스 강, 1,900x1,600x970cm

트라이앵글, 태양광 전지＋스테인레스 강＋콘크리트＋형광 다이오드, 1,400×1,100×500㎝

와인딩캐슬, 화학 처리한 나무 + 스테인레스 강, 2,500x1,500x600cm

나비와 공룡, 340x240x30cm

기후위기시계, 압축공기 조각, 150x1,000x500cm, 코펜하겐 기후위기 세미나에서 퍼포먼스, 2010

설치, 세상을 바꾸거나 훔치는 눈

뭐라구, 어떻게, 어떻다구? 매향리 국도에 대낮에 매향리 사격장 포탄 껍질을 전시하면 세상은 평화로워질 수 있을까? 어른들도 구름 속을 거닐며 거인의 나라에 들어가 거인의 나라를 상상할 수 있을까? 녹색병원에 녹색으로 내리는 비는 녹색으로 공해병을 씻어낼 수 있을까? 빛이고 바람이고 통通이고 있음의 없음이고 없음의 있음인, 나무에 앉고 지붕에 내리고 어둠에 스며드는, 허허 부처는 자신의 장소를 구원할 수 있을까? 반짝이는 삼각의 방향은 도시 야경을 별밤처럼 보이게 할 수 있을까? 소망은 하찮고 비루하더라도 아름다울 수 있을까? 하늘이 그릇이면 코페르니쿠스 혁명은 수정될 수 있을까? 옛 기무사 건물을 페인트 글씨로 경찰 아니라 뽕짝이라 쓴, 거무칙칙 아니라 분홍빛 전경 방패로 온통 뒤덮으면 세상은 온통 웃음으로 뒤덮일 수 있을까? 자연의 들판에 일직선으로 낸 길 위에 글로 받들어 가마솥을 모시면 가마솥은 어머니, 어머니는 가마솥. 가마는 감고, 감은 색은 석탄 빛나는 색. 맨 처음 색, 맨 처음 말 가운데 하나. 가마솥은 어머니, 어머니는 가마솥이면 역사는 태초부터 지금까지일 수 있을까, 검게 깊어질 수 있을까? 생각하고 또 생각하면 문명은 자연과 다시 화해할 수 있을까, 정말 등 높은 자연의 의자로 될 수 있을까? 385개의 우편함은, '맨 인 블랙'처럼, 385개의 우주를 들여다보는 창일 수 있을까? 창과 문을 통틀은 창호는 바람이 그리는 그림 그 너머까지 통틀 수 있을까? 이것이 이 화가의, 설치의 질문들이다. 이 질문들은 긍정적인 답변을 요구하거나, 그것을 그 안에 담고 있거나 하는 성질의 질문들이 아니다. 스스로 긍정하기 위한 질문도 아니다. 그냥 그 자체로 긍정인 질문이다. 그 '질문=긍정'들이야말로 희망이다.

Flower eye, 유채, 200 x200cm, 2010

매향리의 시간…경기 1번 국도 전, 포탄과 반사 유리, 1,200×1,200×300cm, 2007

구름 속을 거닐다, 스테인레스, 2,900×680×960cm, 강원도 화천군 해산 전망대, 2007

녹색에 내리는 단비, 스테인레스, 1,800×210×700cm, 서울 중랑구 원진 녹색병원, 2008

허허 부처 2. 스틸, 높이 300cm, 2008

판교 신도시 조형물, 코르텐 강, 85x85x108cm, 2009

물방울, 합성수지＋스테인레스 강, 720×360×1,200cm, 강원도 태백시, 2009

바람 속에 빛이 있고 빛 속에 우리가 있네, 스테인레스 강 합성수지, 서울 송파구청 앞 소망트리, 2009

하늘을 담는 그릇, 등나무+스틸+견목, 1,350 x 1,350 x 460cm , 상암 월드컵 하늘공원 전망대, 2009

놀다가세요, 시모네 카레나 및 마르코 브루노와 합작, 신호탄전, 서울 종로구 소격동 국립현대미술관, 옛 기무사

가마솥은 어머니, 어머니는 가마술, 가마솥+스틸, 70x70 x120cm , 2010

생각하고 또 생각하고, 스테인레스 강, 50x50x400cm , 화천 경관장, 2010

385개 소통의 문, 철, 800×250cm, 인천 덕적도 선착장 입구, 2010

희망의 프리즘, 합성목재, 720x240cm, 2010

사십 년대 소파

.

우리 모두 소파 위에 한 줄로, 무릎을 꿇고
서로의 뒤에서, 맏이부터 막내까지,
팔꿈치들 피스톤처럼 움직이고, 왜냐면 이건 기차였거든

그리고 문설주 벽과 침실 문 사이
우리의 속도와 거리는 헤아릴 수 없었다.
우선 우리는 비켰고, 그다음은 우리가 경적을 울렸고, 그다음

누군가 걸었다 보이지 않는 것을
차표로 그리고 매우 진지하게 차표에 구멍을 뚫었다
차량이 줄지어 우리 밑에서

속도를 더해가는데, 칙칙 폭폭, 소파 다리가
비틀거렸고 가닿을 수 없는 것들,
멀리 부엌 바닥에 있는 그것들 파도치기 시작했다.

유령 열차? 죽음 곤돌라? 조각된, 굽은 끝,
그 검은 인조가죽과 화려하게 장식된 수척함은
보이게 만들었다 침대가 성취한 것이

부양인 것처럼. 발끝으로 선 다리 바퀴들,
끈을 꼰, 우아한 등널이 부여했다 그것에 풍모,
초자연적인 볼거리의 그것을:

방문객들이 그것에 앉아주었을 때, 등을 꼿꼿이 세우고 말이지,
그것이 그 자신의 멀리 있음으로 초연했을 때,
불충분한 장난감들이 그 위에 나타났을 때,

크리스마스 아침에는, 그것이 버텨냈다 자신으로서,
잠재적으로 하늘 혈연, 확실히 땅에 묶여,
우리를 보태주거나 떨어트릴 수 있는 것들 한가운데서.

우리는 들어갔다 역사와 무지 속으로,

무선 선반 아래서. 이피 이 아이Yippee-i-ay,

노래했다 〈목장의 목동들〉. 이것이 뉴스다,

말했다 그 절대적인 스피커가. 그와 우리 사이

거대한 만灣, 발음이 폭정을 자행하는

그곳이 고정된 상태였다. 공중 전선이

휩쓸었다 나무 꼭대기에서 아래로 구멍,

창틀에 뚫린 그것을 통해. 그것이 바람에 움직였을 때,

언어 및 그 촉진의 지배가

엄습했고 흔들렸다 우리 안에서 물속 그물처럼

아니면 그 추상적인, 외로운 곡선, 먼 기차의 그것처럼

우리가 역사와 무지에 들었을 때에.

*〈목장의 목동들〉: 1950년대 초 라디오 연속 서부 음악극.

우리는 차지했다 우리 자리를 온 힘 다해,
불편함도 마다하지 않고.
지속성이 그 자신의 보답이었다 이미.

앞으로, 양탄자로 덮은 그 커다란 팔걸이 위에서,
누가 옆으로 목을 쑥 내밀었다, 기관사 혹은
화부, 그의 마른 이마를 풍모,

호된 시련을 겪은 자의 그것으로 훔치며. 우리는
마지막 것이었다 그의 마음에 남은, 겉보기에; 우리는 알아챘다
나타나는 터널, 우리가 쏟아져 통과할 그것을,

밤 들판 지나는 불 안 켠 차량처럼,
우리의 유일한 할 일은 앉아 있는 것, 똑바로 앞을 보고,
그리고 운송되고 엔진 소리를 내는 것.

지금 혹은 당대 2011년 "임옥상의 토탈아트전 _ Masterpieces: 물, 불, 철, 살, 흙"

메두사, 철, 416x327cm, 2011
너도 부처 나도 예수, 철, 180x400cm, 2011
광화문 연가, 유채, 456x182cm, 2010
자금성 연가, 유채, 110x55cm, 2010
후지산 연가, 유채, 456x182cm, 2011
꽃 연작, 철, 1,000x170cm, 2011
꽃귀, 유채, 200 x200cm, 2010
꽃입술, 유채, 200 x200cm, 2010
꽃코, 유채, 200 x200cm, 2010
흙기둥-작은 큐브, 흙, 180 x 180 x180cm, 2011
흙살, 흙, 180x180x50cm, 2011
포토존, 철, 560x220cm, 2011
광화문맨(FTA), 사진, 2010
광화문맨(연평도), 사진, 2010
에코미르 수정 1, 2, 3

그리고, 이 화가의 지금 혹은 당대, 예술적 응집의 진정한 핵심은 원소들의, 살(肉)
속으로의 일상화다. 이 전시회에서 우리는 임옥상의 '토탈 아트'가 오히려 요란하
지 않은 것에 대해, 재앙을 얘기할 때조차 느낌표가 없는 것에 대해 자못 놀라고, 동
양적 무위자연과 차원이 전혀 다른 어떤 동서양 이후 현대적인 운명의, 서늘하고
거대한 광경을 누리게까지 된다. 그 서늘함은 역사적이면서도 역사 너머에 있는 서
늘함이고 그 거대함은 공간적이면서도 공간 너머에 있는 거대함이다. 한국 현대사
(나무아미타불, 2010)와 세계 문제(메두사, 2011)가 겹치는 아비규환은 글과 힌두교풍
남녀상열지사 조각상들로 이루어진 부처와 예수의 상하(너도 부처 나도 예수, 2011)
로 완화하기는커녕 심화한다. 마치 자본주의의 온갖 해악을 모조리, 어서 빨리 겪
어야만, 그 겪음을 스스로 생체실험해야만 그 너머를 비로소 볼 수 있거나 그 너머
가 비로소 있을 수 있다는 듯이. 물에 잠겨 수평과 수직의 빌딩 상반부, 그리고 '정
치의 아주 조금'만 남은 광화문(광화문 연가, 2011), 사각과 '역사의 아주 조금'만 남
은 자금성(자금성 연가, 2011), 그리고 지진 소용돌이와 '이전 자연의 아주 조금'만
남은 일본(일본 연가, 2011)의 모습은 분명 〈광주는 끝나지 않았다, 1997〉의, '물과
불'의 웅덩이 이후지만 '연가'라는 세목이 그 이후를 간신히 버틸 뿐 벌써 그 너머
어떤 초자연적 법칙에 대한 경외 혹은 온전한 몸맡김처럼 느껴질 법도 하다. 꽃 연
작(10미터 꽃 II 연작, 2011, 꽃눈, 2010, 꽃귀, 2010, 꽃입술, 2010, 꽃코, 2010)은 〈새싹,
1978〉, 〈꽃밭 I, II, 1981〉, 〈꽃, 1979〉과 '놀이=환경=세계' 이후 자연의 괴이와
인간의 괴이의 겹침을 극대화하는 동시에 과감하게 회화화한다는 점에서 모종의
직전을 느끼게 한다. 이 모든 것에, 이 모든 것이 정말, 느낌표도 없다. 그리고, 과
연, 〈흙 큐브, 2011〉와 〈흙살, 2011〉은 이 전시회의 최고 걸작이다. 화가 스스로
"이 전시회를 통해 비로소 나의 오랜 염원이었던 흙 작업에 천착할 계기를 마련하
게 되었다." "흙은 본질적인 자기 성찰과 인간의 삶과 죽음을 표현할 수 있는 가장
적합한 매체인 동시에 주제이다." "흙은 새길 수 있고 조각할 수 있고 그 위에 그릴

수 있다"고 특히 강조하고 있거니와, 이 흙 작품들은 〈역사와 의식, 2000〉을 응축·심화하면서 흙에 마침내 '종이부조=장르' 차원을 입히거나 새기거나 흙을 조각, 예의 초자연 혹은 초현실까지 흙 '속으로' 다스리고 있다. 계급의 땅에서 (무계급 아니라) 계급 너머 생명의 흙 속으로. 그리고 이 모든 것에, 이 모든 것이, 당연히, 느낌표가 없다. 사람은 글이 새겨진 판 껍데기고 우리와 함께 구경하고 서 있고 벤치에 앉아 있고 그냥저냥 듣고 보고 읽고, 있고, 그 자체 벤치로 있다(벤치(사람들), 2011). 제국주의 전쟁의 포탄 껍질을 우롱하면서 그 우롱을 철기, 철이라는 매질 자체의 익살과 너그러움으로 녹여냈던 '철기시대'는 제 몸에 스스로 구멍을 내어 관광객들의 사진 촬영용 기념물로 되었다(포토존, 2011). 사진 작업(광화문맨, 2010)은 소통·불통, 김정은, 예수천국·불신지옥, 대한민국에서 공직자로 산다는 것, 손학규, 천안문, 오세훈 낙지, 이명박 배추, 조현오, FTA 등 첨예한 시사 문제에 대한 예술가 자신의 광화문 앞 퍼포먼스를 담았으나 분노나 풍자보다 페이소스가 더 짙고, 공공예술의 1인 시위화가 아니라, 1인 시위의 공공미술화라 할 만하다. 그는 단순히 '이제껏'을 종합 응집하지 않았다. 그가 응집한 것은 새로움 그 자체였던 것. 이 모든 것을, 이 모든 것이, 정말 그리고 당연히, 느낌표 없이.

메두사, 철, 416x327cm, 2011

너도 부처 나도 예수, 철, 180×400cm, 2011

광화문 연가, 유채, 456x182cm, 2010

자금성 연가, 유채, 110x55cm, 2010

후지산 연가, 유채, 456×182cm, 2011

꽃 연작, 철, 1,000x170cm, 2011

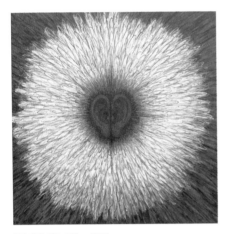

꽃귀, 유채, 200 x200cm, 2010

꽃입술, 유채, 200 x200cm, 2010

꽃코, 유채, 200 x200cm, 2010

흙기둥—작은 큐브, 흙, 180×180×180cm, 2011

흙살, 흙, 180x180x50cm, 2011

흙살 세부화

흙살 세부화

흙살 세부화

포토존, 철, 560x220cm, 2011

광화문맨(FTA), 사진, 2010

광화문맨(연평도), 사진, 2010

에코미르 수정1, 벤타, 2x1.8x3.2m, 2011

에코미르 수정2, 벤타, 2x1.8x3.2m, 2011

에코미르 수정3, 벤타, 2x1.8x3.2m, 2011

개인적인 사상의 원천

어렸을 때, 사람들은 좀체 나를 떼어내지 못했다 우물에서
양동이와 윈치가 있는 낡은 펌프로부터.
나는 사랑했다 그 어두운 방울져 떨어짐, 사로잡힌 하늘, 그 내음,
물풀, 버섯과 축축한 이끼 내음을.

하나는, 벽돌공장에, 썩은 판자를 씌웠는데.
나는 좋았다 그 넉넉한 덜컹임, 양동이가
밧줄 끝에서 폭락할 때의 그것이.
너무 깊어 그 속에 얼굴 전혀 비치지 않았다.

마른 돌 도랑 아래 얕은 것 하나는
비옥해졌다 여느 수족관처럼.
부드러운 뿌리 덮개에서 긴 뿌리를 잡아당기면,
하얀 얼굴이 바닥 위를 어슬렁댔다.

다른 것들은 메아리가 있어, 우리 자신의 부름을 되돌려주었다
깨끗한 새로운 음악을 섞어서 말이지. 그리고 하나는
좀 겁이 났는데 왜냐면 거기서는 양치류와 키 큰 여우장갑
디기탈리스에서 나온 쥐가 비친 내 뺨을 때리듯 지나갔다.

이제, 뿌리 속을 꼬치꼬치 캐고, 는지렁이 조물락대고,
커다란 눈의 나르시소스 모양 어떤 샘을 들여다보는 건
도무지 어른답지 못하지. 나의 운율은
나 자신을 보기 위함. 어둠이 메아리를 울리게 하기 위함.

헌사

마지막은 , 지극히 개인적인 헌사다. 1980년대 말 그가 내가 의장으로 있던 조직의 하부 지부장을 선선히 맡고 아뭏지도 않게 인사차 우리 집으로 왔을 때 나는 경악하는 한편(왜냐면, 지금보다 훨씬 더 엄했던 당시 조직의 나이 위계질서로 보자면, 정말 경악할 만한 일이었다) 그를 내가 평생 따르게될 것이라는 예감에 휩싸였고, 결국 그리고 과연 이렇게 되었다.

아마도 당시 대학생이었던, 지금의 형수님 김희경이 그때 같이 왔었다. 뭔가를 눈치챘다는게 아니라, 그냥 눈부셨다는 얘기다. 나에 대한 그 분의, 나보다 훨씬 더 어른스러운 배려는 평생 빚이 될 것이다.

인간의 윤리는 자신이 무엇을 할 수 있느냐의 문제와 직결된다⋯. 이것은 화가가 보낸 2010년도 연하장 곁에 쓰여진 글귀고 그것을 받은 후 내가 하루 한 두 번 쯤은 새기게된 글귀다. 그런데 이 말은 혹시 그의 의도와 다른 뜻을 담은 것일 수도 있다.

가령 노동자 가운데 연설을 잘하는 사람이 있는데 어쩌면 좋겠느냐고 조직 간부가 묻자 레닌은 그런 사람한테는 연설을 맡겨야지 노동을 맡기면 되겠느냐고 대답하였다. 내가 짐작한 바 그의 좀더 열심히 운동하라는 의도를 내가 새기는 만큼 화가도 레닌의 말을 종종 새겼으면 싶다. 생각해보니 그의 나이 올해 만61세, 회갑이구나. 저런.

천상병 시화, 종이부조, 59×30㎝,, 1987

임옥상 연보

임옥상미술연구소 소장
전국민족미술인연합 대표

출생
1950년 2월 3일(충청남도 부여)

학력
1972 서울대학교 미술대학 회화과 졸업
1974 동대학원 졸업
1986 프랑스 앙굴렘 미술학교 졸업

교육 및 단체활동
1979~1981 광주교육대학 교수
1981~1992 전주대학교 미술학과 교수
1993~1994 민족 미술협의회 대표

2008~2009 국회 건축조경자문위원장
2009 서울시 시민녹색위원회 기획위원
2011 종로구청 공간디자인위원

개인전
1981 제1회(미술회관)
1984 제2회(서울 미술관)
1988 제3회 '아프리카 현대사'(가나 화랑)
1990 제4회 '우리시대 풍경'(온다라 미술관)
1991 제5회 '1991 임옥상 회화'(호암갤러리)
1995 제6회 '일어서는 땅'(가나 화랑)
         '일어서는 땅'(가나-보브르 화랑 초대전, 파리, 프랑스)
1997 제7회 '역사의 징검다리'(가나 화랑)
1997 제8회 '저항의 정신'(얼터너티브 뮤지엄, 뉴욕, 미국)
2000 제9회 'D.M.Z Oksanglim'(Orchard Gallary, 영국 북아일랜드)
2000 제10회 '철의 시대·흙의 소리'(가나아트갤러리)
2001 제11회 '물과 불의 노래'(부산 코리아아트갤러리)
2002 제12회 '철기시대 이후를 생각하다'(인사아트갤러리)
2003 제13회 '한바람 임옥상의 가을이야기'(갤러리편도나무)

그룹전
1972-82 '십이월'
1977-82 '제3그룹'

1980–90 '현실과 발언'

1983-84 '문제 작가 작품' (서울 미술관)

1988 '민중아트' (뉴욕 아티스트 스페이스)

　　　　밀라노 트리엔날레 (이태리)

1989 FORUM (독일 함부르그)

1991 반 아파르헤이트 (예술의 전당)

1992 '십이월展 그 후 십년'

1992-93 '실크로드 기행' (동아 갤러리)

1993 퀸즈랜드 트리엔날레 (오스트레일리아 퀸즈랜드)

　　　　'코리아 통일 미술' (동경)

　　　　'토탈미술대상' (토탈 미술관)

　　　　대전 EXPO 재생 조형

1994 동학혁명 100주년 기념 '새야, 새야 파랑새야' (예술의 전당)

　　　　'민중미술 15년' (국립 현대미술관)

　　　　'한국현대미술 40년의 얼굴' (호암 갤러리)

　　　　'서울 풍경의 변천' (예술의 전당)

1995 '한국의 색과 빛' (호암 갤러리)

　　　　한국 현대미술 (중국 북경)

　　　　한국 현대미술 (국립 현대미술관)

　　　　베니스 비엔날레 특별전 '호랑이 꼬리' (베니스)

　　　　해방 50주년 기념 '민족미술' (예술의 전당)

　　　　'정보와 현실' (영국 에딘버라 후르트마켓 전시장)

　　　　제1회 광주비엔날레 국제 미술전 (광주)

1996 판화 미술제 (예술의 전당)

　　　　'해방 50년' (예술의 전당)

　　　　노화랑 개관초대 '미술로 본 역사인물 20인' (노화랑)

1997 한국 현대미술 (중국 심양 노신미술관)

　　　　제2회 광주 비엔날레 특별전 통일 '광주는 끝나지 않았다'

　　　　'조국의 산하' (서울 시립미술관)

1998 '불온한 상상력' (21세기화랑)

　　　　'김복진 미술제' (충북문화원)

　　　　가나문화센터 개관 기념 (가나화랑)

　　　　부산 국제 현대미술제 'PICAF'

　　　　세계인권위원회 50주년기념 인권전시회 (예술의 전당)

1999 '동강별곡' (가나화랑)

　　　　동북아와 제3세계 미술 (서울시립미술관)

　　　　서대문 형무소 역사관 옥사 설치 '큰 감옥, 작은 감옥' (서대문형무소 역사관)

2000 헤이리 아트 밸리 퍼포먼스 '가이아'

　　　　한국 베트남 평화 기금 마련 경매

　　　　'민족상생21' 2.4×100m 대형벽화 제작, 설치 (광화문)

　　　　'일어서는 땅 2000 역사와 의식' (서울대학교 박물관 기획)

　　　　달리는 도시철도 문화예술관 '역사야 놀자' (지하철 7호선 설치미술)

　　　　광화문 갤러리 개관 기념 '서울의 화두는 평양' (광화문갤러리)

2001 1980년대 리얼리즘과 그 시대 (가나아트센터)
　　　한국미술 2001 '회화의 복권' (국립현대미술관)
　　　'가족' (서울시립미술관)
　　　오월정신 '행방불명' (광주시립미술관)
　　　김윤수 선생 정년퇴임 기념 (학고재)
　　　사불산 윤필암 (학고재)
　　　한국 국제 전범 재판소 (뉴욕 맨하탄 유엔 처치 센터, 미국)
　　　가나 Art & Craft Fair (인사아트센터)
　　　역사와 의식 '독도' (서울대학교 박물관)
　　　'목긴청개구리' (갤러리 제주아트/서호미술관)
　　　화랑미술제 (예술의 전당)
　　　'부여인 미술' (덕원미술관)
　　　서울대학교 역사와 의식 '역사와 구토 독도' (서울대학교)
　　　'행방불명' (광주시립미술관)
2002 '물' (시립미술관)
2003 수재민돕기 특별전 (갤러리 현대)
　　　조국산하 (세종문화회관)
　　　평창동사람들 (가나화랑)
　　　남산 벤치 '균형과 평등 그리고 휴식' (남산)
　　　청와대 녹지원 '벤치, 날개' (청와대)
2004 가나 아뜰리에 사람들 (가나화랑)
　　　현대미술의 시선 (세종문화외관)
　　　STEEL of STEEL (포스코 미술관)
　　　6.15 공동성명 발표 4돌 기념 통일미술전
　　　민주화운동기념 사업회 '금지된 상상력'
　　　평화선언 2004-세계 100인 미술가(국립현대미술관)
2004 '베이징 비엔날레 (중국 베이징)
2005 'D.M.Z' (파주 헤이리)
2007 '매향리의 시간' 국도일호선 (경기 도립 미술관)
2008 '허허금강' 가나아트25주년전 (가나아트 센터)
　　　'델타' (경북 대구)
2009 바다미술제 (부산 비엔날레)
2010 베이징 비엔날레 (중국 베이징)
　　　'생명과 평화' (서울 미술관)
　　　'현실과 발언 30년' (인사아트센터)
　　　'신호탄' (기무사 국립현대미술관)
2011 '추상하라' (국립덕수궁미술관)
　　　'서울' (서울시립미술관)
　　　이준기념관 - 이준 연대기 및 초상 조각 (대검찰청)
　　　한 뼘 미술관
　　　'5월, 기억과 환생' (광주 ZOO 갤러리)

환경조형 및 공공미술

1996 '광화문의 역사' (지하철 5호선 광화문역)
1997 '생명의 일곱기둥' (충북 입장 생산 기술 연구원)
1998 '새는 물을 좋아한다' (진주박물관)
     '다함께 부르는 노래' (담배인삼공사)
     '누가 이들에게, 대지의 어머니' (정신대 역사관)
1999 '달 따러 가자' (증산동 우방 아파트)
2000 '세월' (전남 영암 구림마을)
     매향리 상징 '자유의 신 in KOREA'
     '역사야 놀자' (5호선 광화문역)
2001 장욱진 선생 기념조형물 (장욱진 선생님 기념관)
     '엘자' (판문점 공동경비구역)
   ' 흙의 소리' (수원월드컵 경기장)
2002 한강에서 보물찾기 서울시/환경운동연합 (여의도고수부지)
     당신도 예술가 (인사동 차 없는 거리)
2003 '솟아오르는 산' (광주지하철 농성역)
     '난타맨' (정동 난타극장)
     세계도자비엔날레 개막행사 '달 항아리에 바치는 노래' (여주)
     6월 난장 '대형풍경달기 등' (서울 시청 앞 광장)
     '노동을 위하여' (원진녹색병원 엘리베이터 탑)
     국민은행후원 '꿈꾸는 학교'
     학교프로젝트 1차 영일초등학교 놀이터 벽화
     학교프로젝트 2차 분원초등학교 도자 쉼터
     학교프로젝트 3차 연남초등학교 도서관
     학교프로젝트 4차 천마초등학교 운동장 벽화
     학교프로젝트 5차 백제초등학교 식당벽화
2004 '꿈꾸는 책 뜰' (학교교육환경개선 1차 서화초등학교)
     '굿뜨레' (부여홍보부스)
     '노동을 위하여' (녹색병원)
2005 서울문화재단과 함께 예술사랑 문화 나눔
2005 책 테마파크 '세상의 배꼽' (성남시 분당)
     전태일 거리 (청계천)
     어린이 놀이터 '까치야 놀자 ' (시흥시)
     천사 유치원 놀이 램프 (안양)
2006 어린이 무장애 놀이터 '상상 거인의 나라' (서울 숲)
     환경위기시계 (롯데백화점 본점)
2007 경관창 '구름 속을 거닐다' (강원 화천)
     '빛의 나라 백제' (부여 백제문화관)
     STOP CO2 (서울시청 광장)
2008 녹색에 내리는 단비 (녹색 병원)
     무장애 놀이터 '애벌레의 꿈' (여의도, 국회)
     '어머니 나라' (헤이리)
     경관창 "삶" (화천)

2009 '물 한 방울'(태백시)
      '겸재의 발견'(강서구 겸재기념관)
      경관창 '생각하고 또 생각하고'(강원 화천)
      소망트리 '바람 속에 벗이 있고'(송파구청)
      '하늘을 담는 그릇'(서울 월드컵 공원)
      '빛의 나라'(시흥시 판교)
2010 '희망의 프리즘'(부천, 이건그룹로비)
      '추사 김정희 상'(제주 추사기념관)
      '385개의 소통의 문'(인천 덕적도)
      노무현 무덤 박석 '사람 사는 세상' 디자인 (경북 봉하)
      '기후위기시계'(덴마크 코펜하겐)
      어린이 놀이터 (용인 레미안 동천아파트)
      '퍼니큐브'
      '트라이 앵글'
      '에그 버그'
      '와인딩 캐슬'
2011 '바람이 그리는 그림'(강원도 태백시 하이원)
      '대지의 아들 노무현' 기념비 (경북 봉하)

그림 연재
1991 '모로 누운 돌부처'(동아일보)
1999 '박노해'(중앙일보)
2001 '심청'(한국일보)
2004 '신연경'(중앙일보)
2010~ 2011 '임옥상의 붓과 말' 연재 (한겨레)

소장
국립현대미술관, 서울시립미술관, 경남도립미술관, 성곡미술관, 한솔미술관,
광주비엔날레, 제주도립미술관, 토탈미술관, 리움미술관, 가나화랑, OCI미술관,
서울대현대미술관

저서
벽 없는 미술관 (2000)
누가 아름다운 세상을 꿈꾸지 않으랴 (2000)

작품 색인